Yasunari Kawabata

Der Blinde und das Mädchen
Neue Handtellergeschichten

Ausgewählt und
aus dem Japanischen übersetzt
von Siegfried Schaarschmidt

Carl Hanser Verlag

Die vorliegenden Handtellergeschichten wurden entnommen dem Band I *(Tenohira no shōsetsu)* der Gesamtausgabe *Kawabata Yasunari zenshū*, Verlag Shinchōsha, Tōkyō 1980–1984

Die Übersetzung von »Bahnhof im Herbstregen«, die Siegfried Schaarschmidt nicht mehr vollenden konnte, besorgte freundlicherweise Otto Putz.

1 2 3 4 5 03 02 01 00 99

ISBN 3-446-19694-3

Satz: Satz für Satz. Barbara Reischmann, Leutkirch
Druck und Bindung: Clausen & Bosse, Leck
Printed in Germany

Der Ring

Ein armer Student der Rechte, der sich mit Übersetzungsarbeiten durchschlug, war in einen Thermalbadeort in den Bergen gereist.

Drei aus der Großstadt gekommene Geishas, sie hatten die Rundfächer auf ihre Gesichter gelegt, hielten an dem kleinen Pavillon im Wald ihr Mittagsschläfchen.

Vom Saum des Waldes stieg der Student die steinerne Treppe hinab zum Gebirgsbach. Ein großer Fels teilte den von Libellenschwärmen überflogenen Wasserlauf in zwei.

In einem aus dem Fels gehauenen Warmwasserbecken stand splitterfasernackt ein Mädchen.

Er hielt die Kleine für elf oder zwölf, weshalb er ohne jede Scheu am Ufer seinen Yukata abstreifte und sich zu ihren Füßen ins Wasser hockte.

Die Kleine, offenbar gelangweilt, lächelte ihm zu; dabei tat sie mit ihrem rosig durchbluteten Körper alles, um seine Vertraulichkeit herauszufordern. Aus einem einzigen Blick auf ihr Gebaren begriff er: Sie war das Kind einer Geisha. Sie besaß jene morbide Schönheit, die früh schon ihre zukünftige Bestimmung, den Männern sinnlichen Genuß zu gewähren, erahnen läßt. Erschrocken begannen seine Augen die Empfindlichkeit auszuweiten wie ein aufgeschlagener Faltfächer.

Plötzlich hob das Mädchen die linke Hand und rief leichthin: »Oje! Ich hab ja ganz vergessen, ihn abzuziehen. Bin einfach mit ihm hereingestiegen!«
Nun doch, unwillkürlich, verführt, sah er zu der Hand der Kleinen auf.
»Du Füchslein!«
Nicht daß er sich über ihre Art, ihn zu täuschen, geärgert hätte; vielmehr empfand er in diesem Augenblick eine heftige Abneigung gegen sie.
Sie wollte den Ring vorführen ... Er hatte keine Ahnung, ob man, wenn man ins Bad geht, den Ring abzieht oder nicht; eindeutig aber war er auf eine kindliche List hereingefallen.
Vermutlich zog er eine verdrießlichere Miene, als er selber glaubte. Das Mädchen wurde rot, es fingerte an dem Ring herum. Indem er seine wenig erwachsene Haltung mit einem bitteren Lachen überspielte, meinte er wie nebenbei: »Ein hübscher Ring. Laß doch mal sehen!«
»Es ist ein Opal!« erklärte die Kleine, und das, wie erwartet, sichtlich erfreut; woraufhin sie sich in das warme Wasser kauerte. Sie streckte ihm die Hand mit dem Ring hin, geriet davon aber ins Schwanken und legte die andere Hand auf seine Schulter.
»Ein Opal?« versuchte er eine Wiederholung, denn daraus, wie ihr das Wort über die Lippen gekommen war, hatte er eine hochgradige Frühreife empfunden.
»Ja ... Meine Finger sind freilich noch schmal. Man hat ihn extra für mich aus Gold angefertigt. Nur sagen sie, der Stein wäre zu groß.«
Er spielte mit der zierlichen Hand. Der warm und sanft leuchtende Stein, gelbfarben mit untergemisch-

tem Violett, war außerordentlich schön anzusehen. Die Kleine, immer näher rückend, blickte dem Studenten ins Gesicht; sie schien rundum zufrieden. Und gesetzt den Fall, es wäre darum gegangen, ihm den Stein noch deutlicher vorzuführen, würde es sie gewiß nicht verwundert haben, wenn er sie, nackt wie sie war, auf seinen Schoß genommen hätte.

Die weiße Blume

Ehen zwischen Blutsverwandten hatten sich generationenlang gehäuft. Ihre ganze Familie starb allmählich an der Lungenkrankheit aus.

Sie selber war von überaus kleiner Statur. Hätte ein Mann sie umarmt, er wäre darüber wahrscheinlich in Verwirrung geraten.

Eine liebenswürdige Frau meinte zu ihr: »Seien Sie, bitte, bei einer Heirat ja vorsichtig! Mit einem kräftigen Herrn, das täte nicht gut. Er darf ruhig schwächlich wirken, nur daß er von keiner Krankheit befallen ist und, wenn er zur Blässe neigt, in seinem Umkreis vor allem niemanden hat, der an der Lunge leidet ... Nehmen Sie einen, der stets korrekt dasitzt, nicht trinkt und immer ein Lächeln hat ...«

Aber es gefiel ihr nun einmal, von den Armen eines muskulösen Mannes zu träumen. Von starken Armen, unter denen, würden sie sich um sie schlingen, ihre Rippen knackende Geräusche von sich gäben.

Und obwohl sie dabei die heiterste Miene machte, lag in ihrer Haltung doch ein gewisse Verzweiflung. Sie schloß die Augen, es war, als triebe sie plätschernd im Meer des Daseins. Als sagte sie sich: Wohin es mich auch treibt, ich will es geschehen lassen. Dies verlieh ihr etwas Bezauberndes.

Da kam ein Brief von ihrem Vetter: »Nun hat es mich

schließlich an der Lunge erwischt. Das Schicksal, auf das ich seit meiner Jugend gefaßt war, hat mich eingeholt, das ist alles. Ich bin ganz ruhig. Eines indessen bedauere ich. Wieso eigentlich habe ich Dich, solange ich noch in Ordnung war, nicht ein einziges Mal gefragt, ob ich Dich küssen darf? Damit die Tuberkeln wenigstens Deine Lippen nicht besudeln, deswegen!«
Sogleich eilte sie zu ihrem Vetter. Und es dauerte nicht lange, da wurde sie in ein Lungensanatorium an der Küste eingeliefert.
Ein junger Arzt kümmerte sich um sie, als wäre sie seine einzige Patientin. Jeden Tag trug er ihr den wie eine Wiege mit Tuch bespannten Liegestuhl bis hinaus an die Spitze der Landzunge. Der immer sonnenbeschienene Bambushain in der Nähe glänzte hell.
Es war um Sonnenaufgang.
»Oh, Sie sind ja schon wieder ganz gesund. Ganz und gar! Wie habe ich auf diesen Tag gewartet!«
Sagte der Arzt und hob sie mühelos mit seinen Armen aus dem auf einem Felsen stehenden Liegestuhl.
»So wie die Sonne da steigt auch Ihr Leben neu herauf. Warum haben all die Schiffe auf See nicht Ihnen zuliebe rosa Segel gesetzt? Sie werden mir verzeihen. Ich habe, sehen Sie, mit zwei Herzen auf diesen Tag gewartet. Als der Arzt, der Sie behandelt, und als das andere Ich, das ich bin ... Wie habe ich diesen Tag herbeigesehnt! Wie schwer ist es mir gefallen, mein ärztliches Gewissen nicht einfach beiseite zu lassen! Sie sind wieder ganz gesund. So gesund, daß Sie es wagen dürfen, Ihren Körper als Instrument Ihrer Gefühle zu benutzen ... Wieso hat sich für Sie nicht das Meer rosa verfärbt?«

Dankbarkeit in den Augen, sah sie zu dem Arzt auf. Dann lenkte sie den Blick auf die offene See, sie wartete.

Gleich darauf erschrak sie über sich selbst: nie hatte sie auch nur ansatzweise über die Keuschheit nachgedacht. Seit ihrer Jugend sorgte sie sich um den eigenen Tod. Sie besaß daher kein Vertrauen in die Zeit. Kein Vertrauen in die zeitliche Kontinuität. So gesehen, konnte es für sie auch keine Keuschheit geben.

»Wie habe ich Ihren Körper mit innerer Rührung betrachtet! Und mit welchem rationalen Blick bis in alle Winkel hinein. Für mich, einen Arzt, war Ihr Körper ein Laboratorium.«

»Was reden Sie da?«

»Und ein so schönes Laboratorium … Wenn ich nicht Arzt aus Berufung wäre, hätte meine Leidenschaft Sie längst umgebracht.«

Jetzt wurde ihr dieser Arzt doch widerwärtig. Wie um seine Blicke abzuwehren, begann sie ihre Kleider zu ordnen.

Ein junger Schriftsteller, der in demselben Sanatorium war, sagte zu ihr: »Wir können uns gegenseitig beglückwünschen. Wir werden am gleichen Tag entlassen.«

Am Tor stiegen sie gemeinsam in einen Wagen und fuhren durch den Kiefernhain davon.

Der Schriftsteller tat, als wollte er ihr sanft den Arm um die kleinen Schultern legen. Wie ein kraftlos leichtes Etwas zu Boden fällt, lehnte sie sich an ihn.

Die beiden gingen zusammen auf eine Reise.

»Es ist das erste, rosafarbene Frühlicht des Lebens.

Dein Morgen und mein Morgen; daß die beiden Morgen gleichzeitig da sind in dieser Welt, wie wunderbar! Beide Morgen werden zu einem einzigen. Ja, ausgezeichnet! Ich werde eine Geschichte schreiben mit dem Titel ›Die beiden Morgen‹.«
Voller Entzücken betrachtete sie den Schriftsteller.
»Schau dir das an! Eine Skizze von dir, wie du im Sanatorium warst. Selbst wenn wir sterben sollten, du und ich, in der Erzählung, denke ich, werden wir weiterleben. Aber zunächst einmal sind da die beiden Morgen ... Eine transparente Schönheit, deren Wesen es ist, wesenlos zu sein. Wie die im Frühling auf den Feldern duftenden Blütenpollen läßt du eine dem körperlichen Auge unsichtbare, duftgleiche Schönheit durch unser Leben wehen. Meine Prosa hat eine schöne Seele entdeckt. Wie kann ich sie beschreiben? Zeige sie mir, ich bitte dich, lege sie auf meinen Handteller! Als wäre sie eine Kugel aus Bergkristall. Ich werde sie mit Worten skizzieren ...«
»Was sagst du da?«
»Ein so schönes Material ... Wenn ich kein Schriftsteller wäre, könnte dich meine Leidenschaft unmöglich bis in die ferne Zukunft am Leben erhalten.«
Das führte dazu, daß ihr dieser Schriftsteller widerwärtig wurde. Wie um seine Blicke abzuwehren, straffte sie ihre Haltung.
... Sie saß allein in ihrem Zimmer. Ihr Vetter war kurz zuvor gestorben.
»Rosa, rosa.«
Sie betrachtete ihre weiße Haut, die allmählich immer durchsichtiger wurde, wobei sie sich des Wortes »rosa« erinnerte und darüber zu lächeln begann.

Wenn nun irgendein Mann ihr zu verstehen gäbe, daß er sie begehrte .. Ich werde, dachte sie, nur mit dem Kopf nicken, und sie lächelte.

Von der Säge und einer Niederkunft

Unerklärlich wieso, aber ich weiß, dies spielt in Italien. Auf einem Hügel hat man ein Zelt aufgeschlagen, das gleicht einem gestreiften Sonnenschirm; an der Spitze die Fahne flattert in der von See herüberwehenden Maibrise. Drunten unter dem grünen Wald das blaue Meer. (Eine Situation wie bei den Thermalbädern an der Izu-Küste.) ... Im Zelt befindet sich eine Art Telefonhäuschen. Es könnte, bilde ich mir ein, der Fahrkartenschalter fürs Dampfschiff sein oder die Zollabfertigung; in Wahrheit freilich erhalte ich dort am Fenster lediglich Bargeld ausbezahlt, eine riesige Summe. Mit einem Bündel in gelbem Kartonpapier klopfe ich mir auf die Innenseite meiner linken Hand. Da ist, spüre ich, das Geld drin. Plötzlich steht sie in einem einfachen, offenbar schwarzen Kleid neben mir. Ich würde sie gern ansprechen. Obwohl ich mir ganz sicher bin, daß sie Japanerin ist, sehe ich sie doch in dem Bewußtsein an, daß ich das Italienische nicht eben gut beherrsche.

Hierauf, ohne daß ich begreife, wie mir geschieht, wechselt die Szene in das Bauerndorf in meiner Heimat.

Ungefähr zehn Schaulustige haben sich im Garten eines Bauernhauses mit einem prächtigen Tor versammelt. Alles Bekannte aus dem Dorf, aber nach-

dem ich wach geworden bin, kann ich mich an keinen einzelnen erinnern. Nun, irgendwie läuft es darauf hinaus, daß wir beide miteinander kämpfen sollen.
Bevor ich den Kampfplatz betrete, möchte ich noch ein kleines Geschäft verrichten. Dabei beobachten mich die Leute, was mir, da ich solange die Hand unter den Kimono geschoben habe, schrecklich peinlich ist. Als ich unvermittelt hinter mich sehe, befinde ich mich bereits mitten im Garten und kämpfe, die blanke Klinge schwingend, mit der Frau. Dieser Anblick läßt mein hiesiges Ich, wiewohl im Traum, vor Schreck erstarren.
»Wer sein eigenes Phantom, sein anderes Ich, seinen Doppelgänger erblickt, der stirbt.«
Mein zweites Ich, so scheint mir, ist dicht daran, von der Frau getötet zu werden. Ihre Waffe hat die Gestalt einer Säge. Die Klinge ähnelt dem breiten Blatt jener Sägen, mit denen die Holzfäller die großen Bäume fällen.
Irgendwann habe ich mein kleines Geschäft vergessen, bin ich eins geworden mit meinem zweiten Ich und pariere die Hiebe der Frau. Sooft ich gegen ihre einem herrlichen Schmuck vergleichbare Waffe schlage, beißt sich mein Schwert ein Stück tief in ihre Klinge. Dadurch wird das sägenförmige Schwert der Frau an der Klinge immer schartiger, um sich schließlich in eine wirkliche Säge zu verwandeln.
Deutlich steigen diese Worte in mir auf: »Erst jetzt können wir von den Zähnen der Säge sprechen.«
Sonderbar; da handelt es sich bei dem Waffengang also um die Erfindung der Säge. Es ist zwar ein Zweikampf, aber ich kämpfe ihn wie geistesabwesend und

mit dem Gefühl, als betrachtete ich eine Fechtszene in einem Film aus dem Kinematographen.
Schließlich lasse ich mich mitten im Garten mit einem Plumps auf den Boden fallen, und indem ich ihre Säge fest zwischen meine beiden Fußsohlen klemme, so daß sie sie weder stoßen noch ziehen kann, mache ich mich lustig über die Frau.
»Ich habe gerade eben ein Baby geboren, deshalb bin ich so schwach.«
Wahrhaftig, ihr Bauch hängt in zahlreichen Falten herab.
Leichtfüßig laufe ich eine durch den Fels gebrochene Küstenstraße entlang. (Der Strand erinnert an Bad Yuzaki auf der Kii-Halbinsel.) Im Laufen wird mir bewußt, daß ich unterwegs bin, um das Kind der Frau zu sehen. Ganz draußen am Kap in einer Höhle liegt schlafend das Neugeborene. Der Geruch der Gezeiten erinnert an grüne Lichter. Mit einem schönen Lächeln sagt die Frau: »Ein Kind zu gebären, weißt du, da ist doch nichts weiter dabei.«
In heiterem Entzücken fasse ich sie bei den Schultern. »Das soll sie wissen«, erwidere ich, »wir wollen es ihr sagen, nicht wahr?«
»Ja, sagen wir es ihr. Sagen wir ihr: ›Ein Kind zu gebären, weißt du, da ist doch nichts dabei.‹«
Diesmal ist die Frau in zwei geteilt. Und die neben mir erklärt, sie werde es der anderen, die sich irgendwo befindet, so weitersagen.
Dann bin ich aufgewacht ... Seit über fünf Jahren habe ich die Frau nicht mehr gesehen. Ich weiß nicht, wo sie sich aufhält. Auch ist mir nie in den Sinn gekommen, sie könnte ein Kind zur Welt gebracht ha-

ben. Dieser Traum jedoch, will mir scheinen, deutet beharrlich auf etwas hin, das zwischen mir und ihr existiert. Während ich mich noch immer an dem freue, was, in meinem Kopf zurückgeblieben, einem so erquickenden Entzücken glich, träume ich weiter, und jetzt mit geöffneten Augen. Sollte sie wirklich irgendwo mit irgend jemandes Kind niedergekommen sein?

Der Mond

Keuschheit – welch unnütze Last! Eine Bürde, um die es nicht schade wäre, und also hätte ich sie bei meinen Spaziergängen durch die düsteren Hintergassen, über die Brücken, in einen Müllkasten oder in den Strom werfen sollen; nachdem ich mich auf einer so prächtigen, elektrisch beleuchteten Steinpflasterstraße befinde, hält es freilich schwer, einen Platz auszumachen, an dem ich sie loswerden könnte. Und falls mich dabei eine Frau, neugierig auf den Inhalt des Bündels, beobachtete, würde gewiß eine leichte Röte mein Gesicht überfliegen. Andererseits verspüre ich durchaus keine Lust darauf, es den Hunden am Straßenrand zu überlassen, etwa indem ich mir sage: Na, da hast du's aber wirklich lange genug mit dir herumgeschleppt. Wahr ist, daß ich in letzter Zeit bei meinen Versuchen, die unterschiedlichsten Frauen zur Liebe zu bewegen, stets eine solche Unbehaglichkeit empfinde, als ginge ich auf hohen, sich in den Schnee eindrückenden Geta-Sandalen. Barfuß auf dem Schnee herumzulaufen wäre da geradezu mühelos ... Dies etwa sind seine Überlegungen.

Einmal stand eine Frau am Kopfende seines Lagers, plötzlich mit wildem Ungestüm fiel sie auf die Knie, und während sie sich über sein Gesicht warf, sog sie den von ihm ausgehenden Duft in sich hinein.

Eine andere Frau lehnte sich im Obergeschoß mit dem Rücken an das Balkongeländer, und er, mit einer parodistischen Gebärde, wie leicht er sie hinunterstürzen könnte, drückte gegen ihre Schultern, woraufhin sie unversehens die Arme um ihn schlang; doch er machte sich los, und sie, rückwärts über das Geländer gebeugt, als wollte sie diesmal sich selbst hinabfallen lassen, hielt den Blick auf die eigene Brust gerichtet und wartete auf ihn.
Wieder eine andere Frau wusch ihm im Bad den Rücken, dabei begann ihre eine Hand, mit der sie sich an seiner Schulter festhielt, zu zittern.
Wieder eine andere Frau saß mit ihm im winterlichen Wohnzimmer. Da sprang sie unvermittelt auf und eilte hinaus in den Garten; im Pavillon warf sie sich in einen Liegestuhl und verschränkte beide Arme über ihrem Kopf.
Wieder eine andere Frau war, als er sie im Scherz von hinten umarmte, zu keinerlei Regung mehr imstande.
Wieder eine andere Frau lag im Bett, wo sie sich schlafend stellte; sowie er ihre Hand ergriff, preßte sie die Lippen fest aufeinander und versteifte ihren Körper und bog sich zurück.
Wieder eine andere Frau, sie hatte sich in seiner Abwesenheit spätnachts mit einer Nadelarbeit in sein Zimmer geschlichen und saß dort starr wie ein Stein, wurde, als er zurückkehrte, bis an die Ohren rot und brachte aus rauher Kehle mit heiserer Stimme die seltsame Ausrede vor, sie habe sich die elektrische Lampe ausleihen wollen.
Wieder eine andere Frau weinte in seiner Gegenwart schluchzend ohne Unterlaß.

Viele weit jüngere Frauen begannen sich in Gesprächen mit ihm zunehmend in ihre eigene sentimentale Lebensgeschichte zu verlieren; am Ende hatten sie keine Worte mehr, sie saßen nur reglos da, unfähig, sich zu erheben.

... Er seinerseits beließ es, wenn dieser Augenblick kam, bei einem unschuldigen Schweigen. Sonst hätte er etwa gesagt: »Eine Frau, die mit mir leben will, sollte mir, meine ich, einige Leidenschaft entgegenbringen.«

Als er fünfundzwanzig war, wurden Frauen solcher Art immer häufiger. Mit dem Resultat, daß die Mauer, die seine Keuschheit umgab, bald dick ummörtelt war.

Eine der Frauen nun erklärte ihm, sie sei es leid, die Gesichter anderer Menschen außer ihm zu sehen. Wie geistesabwesend verbrachte sie ihre Tage. Wenn ich sie nicht füttere, dachte er, wird sie mir Hungers sterben. Und da er dies tat, nahm, wie er bemerkte, die Zahl der Frauen, die er zu füttern hatte, immer mehr zu. Er lachte.

»Auf diese Weise werde ich bei meinem nur kleinen Vermögen bald bankrott sein.«

Dann müßte er wohl, das einzige Bündel, genannt die Keuschheit, noch immer mit sich schleppend, aufbrechen zur Bettelreise. Eine abgerissene Gestalt, doch den Esel der reichen, weil fast vollständig erhaltenen und doch nicht gewährten Gefühle reitend hin in ein fernes Land ...

Indem er sich an solchen Visionen ergötzte, füllte sich seine eigene Brust mit einem Schwall tiefinnerer Emotionen. Indessen war ihm alle Hoffnung abhanden gekommen, er könnte in dieser Welt eine

Frau finden, die bereit wäre, das Leben mit ihm zu teilen.
Er sah zum Himmel auf, dort stand der Vollmond. Der Mond leuchtete hell, ganz allein stand er am Himmel. Zu ihm streckte er beide Arme aus: »O Mond! Dir sollen meine Gefühle gehören!«

Der Rutschfelsen

Mit Frau und Töchterchen trifft er im Thermalbad in den Bergen ein. Es ist ein Bad, berühmt dafür, daß sein Wasser zur Fruchtbarkeit verhilft. Und zweifellos tut es den Frauen wohl, da die Quelle ungewöhnlich heiß ist; zudem schmückt es sich mit allerlei Aberglauben, etwa in der Art, daß ein Kiefernbaum oder ein Felsen den Frauen Kinder schenkt.

Die Geschichte von der Kiefer erfährt er, während ihm der Barbier, ein Mann mit einem Gesicht wie in Hefe eingelegter Kürbis, den Bart rasiert. (Bei der Niederschrift dieser Geschichte heißt es, der Ehre des weiblichen Geschlechts wegen, vorsichtig sein.)

»Als wir jung waren, sind wir oft dort gewesen und haben zugesehn. Da sind wir kurz vor Morgengrauen aufgestanden; zu der Zeit kamen nämlich die Frauen, um den Baum zu umarmen. Frauen, die ein Kind haben wollen, benehmen sich wahrhaftig wie die Besessenen.«

»Und kann man das jetzt noch immer beobachten?«

»Den Baum, wissen Sie, hat man vor gut zehn Jahren umgehauen. Das war, müssen Sie sich vorstellen, eine riesige Kiefer. Aus ihrem Holz hat man zwei Häuser gebaut.«

»Hm ... Aber wer hat sie denn gefällt? Dazu brauchte man schließlich auch tüchtige Kerle.«

»Nun ja, es geschah auf Anordnung des Präfekturamts. Wie auch immer, dort meinte man, es sei eine ärgerliche Unsitte.«

Vor dem Abendessen benutzt er zusammen mit seiner Frau und Tochter das Große Bad. Wenn man von einem Großen Bad spricht, ist damit ein gemeinschaftlich benutzbares gemeint; dieses jedoch stellt, da man ihm eine Wirksamkeit auf Frauen zuspricht, das Juwel des Thermalbadeortes dar. Die Badegäste haben sich angewöhnt, ihren Körper zunächst in dem im Hotel befindlichen Becken zu säubern, um dann die steinerne Treppe zum Großen Bad hinabzusteigen. An drei seiner Seiten ist das Große Bad nach Art eines Badezubers von Holzplanken umschlossen, hingegen besteht der Boden aus Naturgestein. An der Seite ohne Planken gerät die Zuberform aus der Fasson, und es ragt ein Felsen wie ein Elefant in die Höhe. Seine glänzende schwarze Haut ist naß und schlüpfrig von der heißen Quelle. Die Kinder können sich oben von dem Felsen ins Wasser gleiten lassen, weshalb man ihn den Rutschfelsen nennt.

Sooft er den Rutschfelsen betrachtet, hat er das Gefühl: »Dieses verdammte Ungeheuer verspottet die Menschheit.« Dieses riesige klebrige Gesicht macht sich, denkt er, lustig über die Menschen, die meinen, sie müßten Kinder haben, über die Menschen, die glauben, sie bräuchten nur den Felsen hinunterzurutschen, und sie bekämen welche.

Im heißen Wasser hockend, wendet er sich dem schwarzen, wie eine Mauer wirkenden Gesicht zu, er zeigt ihm ein bitteres Lächeln.

»Höre, Felsen, wenn ich sähe, daß du meiner altmodischen Frau den Kopf abschneidest und sie ins heiße Wasser wirfst, würde ich vermutlich das reinste Erschrecken empfinden.«

Tatsächlich ist ihm, als nähme sich seine Frau in dem nur für Ehepaare und Kinder gedachten Quellbad ein wenig seltsam aus; deshalb erinnert er sich an die Zeit, als er seine Frau eigentlich vergessen hatte.

Eine Dame, das seitliche Haar elegant über die Ohren frisiert, kam nackt die Steintreppe herunter. Sie zog die spanischen Haarnadeln heraus und legte sie auf den Sims; dann tauchte sie mit einem »Aber was ist das für ein hübsches junges Fräulein!« ins heiße Wasser ein. Als sie sich in ganzer Nacktheit wieder erhob, glich ihr frisches Haar einer Päonie, von der, weil man ihr die Blütenblätter ausgezupft hatte, nur der Stempel übriggeblieben war.

Allein die Tatsache schon, daß sich jemand, der nicht zu den Ehepaaren gehörte, unter die Badegäste mischte, versetzte ihn in eine unbehagliche Stimmung, und zudem noch unwillkürlich zu einem Vergleich der jungen Dame mit seiner Ehefrau in diesem Quellbad gedrängt, verfiel er in Selbsthaß, versank er in ein Gefühl der Leere.

»Auch ich hätte den Kiefernbaum gefällt, um mir daraus ein Haus zu bauen. Dies ist meine Frau, dies ist mein Kind – in solchen Worten ist doch aller Aberglaube enthalten, oder nicht? He, Felsen, was meinst du?«

Seine Frau indessen schwindelt es von dem heißen Wasser, sie bemüht sich, ihre Lidfalten zu beruhigen.

Auf die Oberfläche des Wassers fiel ein gelbe Wolke, der Dampf stieg weiß herauf.

»He, Kleine, das elektrische Licht ist ja angegangen! Wie viele Lampen sind es eigentlich?«

»Zwei.«

»Zwei also. Eine oben an der Decke und eine auf dem Beckengrund. ... Starke Lichter sind das, Kleine. Blitzschnell kriechen sie unters Wasser. Wirklich starke Lichter.«

Die Dame mit dem über die Ohren frisierten Haar sah das Kind unverwandt an. »Was ist das kleine Fräulein doch so klug.«

Nachdem er Frau und Töchterchen schlafen geschickt hatte, schrieb er an die zehn Briefe.

Im Umkleideraum des inneren Badebeckens blieb er wie angewurzelt stehen.

Da klammerte sich doch ein weißer Frosch an den Rutschfelsen. Ließ, kopfunter hängend, die Hände los. Hob die Fersen. Stürzte glitschend abwärts. Das Wasser im Becken schlug ein scheppernd gelbes Lachen an. Und wieder ging es den Felsen hinauf. Wurde sich fest angeklammert. Sie war es, die Dame. Das über die Ohren frisierte Haar hatte sie mit einem Handtuch umwunden, die Dame des Abends.

Spät in der Herbstnacht eilte er, den ungebundenen Obi-Gürtel in der Hand, die stillen Treppen hinauf.

»Heute nacht wird diese Frau kommen, mein Kind zu ermorden.« Seine Frau, das Töchterchen im Arm, lag mit ihrem auf das Kopfkissen gebreiteten Haar und schlief.

»Ach, Felsen, schon das Verhalten einer Frau, die dem mit dir verknüpften albernen Aberglauben anhängt, hat genügt, mich in solchen Schrecken zu versetzen. Da könnte es ja durchaus sein, daß mein Aberglaube, zu sagen: Dies ist meine Frau, dies ist mein Kind, inzwischen Hunderte, gar Tausende von Menschen in der Welt hat erschaudern lassen. Habe ich, Felsen, nicht recht?«

Und dabei verspürte er eine neue Zuneigung zu seiner Frau. Er ergriff ihre Hand und rief: »Wach auf!«

Die gestohlenen Ölweidenfrüchte

Mit einem Rauschen bläst
der Wind den Herbst herbei

Singend kehren die Mädchen aus der Grundschule über den Bergpfad heim.
Das Laub der Lackbäume hat sich rot verfärbt. An dem verfallenen kleinen Wirtshaus steht das Obergeschoß weit offen, als nähme keiner den Herbstwind wahr. Vom Weg aus sind die Schultern der Arbeiter zu sehen, die dort oben stumm beim Würfeln sitzen.
Der Postbote kauert auf der Veranda und macht den Versuch, seine großen Zehen wieder in die Schlaufen der ausgetretenen Gummisandalen zu schieben. Er hofft, daß die Frau, die ein Päckchen erhalten hat, noch einmal herauskommt.
»Sieh mal an! Dieser Kimono war darin.«
»Aber ja.«
»Dacht ich mir's doch: es wird Zeit, daß du was Gefüttertes zum Anziehen kriegst.«
»Ich mag das nicht. Du machst ein Gesicht, als wüßtest du einfach alles von mir.«
Die Frau ist in den neuen Herbstkimono geschlüpft, den sie gerade eben aus dem Ölpapierpäckchen genommen hat. Sie setzt sich auf die Veranda und streicht die Falten über ihren Knien glatt.

»Natürlich; weil ich deine sämtlichen Briefe lese, die, die du bekommst, und die, die du abschickst.«
»Ja, glaubst du denn, in derlei Briefen stünde die Wahrheit? Das wäre gegen die Geschäftsinteressen.«
»Lügen sind nun mal nicht mein Geschäft.«
»Und was ist heute mit Briefen für mich?«
»Es gibt keine.«
»Auch keine unfrankierten Briefe?«
»Nein, keinen einzigen.«
»Nun mach nicht so ein komisches Gesicht. Immerhin habe ich eine Menge in dich investiert. Solltest du Postminister werden, kannst du ja ein Gesetz erlassen, wonach zumindest Liebesbriefe ohne Marke befördert werden; jetzt geht das natürlich nicht. Schreibst mir Ergüsse wie vergammelte Korea-Zuckerln. Und dann mischst du deine Briefe unter die andere Post und stellst sie mir zu. Rück wenigstens das Strafporto dafür heraus! Ich möchte, daß du mir die Gebühr für die Briefmarken erstattest. Mir fehlt's an Kleingeld.«
»Du redest zu laut.«
»Brauchst es mir nur zu geben.«
»Was bleibt mir anderes übrig«, sagt er und läßt aus seinem Hosensack eine Silbermünze auf die Veranda fallen. Dann zieht er die lederne Tasche am Riemen zu sich heran, reckt sich und steht auf.
Ein Arbeiter, bloß im Unterhemd, wälzt sich aus dem Obergeschoß herab. Schläfrig zwar, ein seiner Kreaturen überdrüssiger Kreator, doch mit durchdringender Stimme und bestimmter Miene meint er: »Da ist Geld gefallen. Kellnerin, du schuldest mir fünfzig Sen.«

»Hast du was gesagt, mein Zuckerbengel?«
Flink hebt die Frau die Münze auf und schiebt sie in ihre Obi-Schärpe.
Kinder jagen dahin; mit Herbstgerassel treiben sie eiserne Reifen vor sich her.

Die Tochter des Kohlenbrenners, einen Sack Holzkohle auf dem Rücken, kommt den Berg hinunter. Wie Momotarō, wenn er zurückkehrt von der Eroberung der Teufelsinsel, hat sie einen großen Ölweidenzweig geschultert. Die roten Früchte daran sind so herrlich reif, daß er aussieht wie ein mit grünen Blättern belaubter Korallenast.
Sie ist unterwegs, dem Doktor im Dorf Kohle und Ölweidenfrüchte zum Dank zu bringen.
»Nur Kohle, wird das auch genug sein?« hat sie, als sie die Köhlerhütte verließ, ihren Vater auf dem Krankenlager gefragt.
»Außer Kohle hast du nichts, sag ihm das.«
»Ja, Kohle aus deinem Brand, das wäre gut; aber die von mir gebrannte ... Ich schäme mich. Wollen wir nicht warten, bis du wieder aufstehst und welche brennst?«
»Dann pflück irgendwo in den Bergen ein paar Kaki-Früchte.«
»Das werde ich tun.«
Bevor sie jedoch dazu kommt, Kaki zu stehlen, ist sie bereits drunten an den Reisfeldern angelangt. Da hat ihr die leuchtend helle Röte der Ölweidenfrüchte auf den Feldrainen die Schwermut über ihr diebisches Vorhaben aus den Augen gewischt. Und sie hat die Hand nach einem Zweig ausgestreckt. Aber der biegt

sich nur und bricht nicht. Also zerrt sie, wie um zu schaukeln, mit beiden Armen daran. Bis plötzlich ein ganzer großer Ast abbricht und sie auf ihren Hintern fällt.
Lächelnd und eine Ölweidenfrucht nach der anderen in den Mund schiebend, geht sie ins Dorf hinunter. Ihre Zunge ist rauh von dem herben Saft.
Die Grundschulmädchen auf dem Heimweg kommen ihr entgegen. »Gib mir welche!« »Mir auch!«
Noch immer lächelnd, aber ohne ein Wort hält sie ihnen den korallenartigen Ast hin. Fünf, sechs Kinder reißen sich jedes ein rotes Büschel ab.
Endlich hat die Köhlerstochter das Dorf erreicht. Auf der Veranda des kleinen Wirtshauses sitzt die Kellnerin.
»Ah, wie hübsch! Das sind Ölweidenfrüchte, nicht wahr? ... Und wohin willst du?«
»Zum Doktor.«
»Wart ihr das, habt ihr den Doktor neulich in der Bergsänfte holen lassen? ... Die sehen herrlicher aus als rote Korea-Zuckerln. Darf ich eine haben?«
Also hat ihr die Köhlerstochter den Ast hingestreckt. Und wie der Ast auf den Knien der Kellnerin zu liegen kam, hat sie ihn aus der Hand gegeben.
»Heißt das, ich kann ihn haben?«
»Ja.«
»Den ganzen Ast?«
»Ja.«
Wobei die Köhlerstochter, verblüfft über den neuen feinseidenen Kimono der Kellnerin, errötet ist, um sogleich davonzulaufen.
Die Kellnerin, ihrerseits verblüfft – der Ölweidenzweig

ist breit genug, ihre Knie mehr als zweimal zu bedecken –, hat eine Frucht in den Mund genommen. Diese säuerliche Kälte erinnert sie plötzlich an ihre Heimat. Auch die Mutter, die ihr den Kimono geschickt hat, ist jetzt nicht mehr dort.
Kinder jagen dahin; mit Herbstgerassel treiben sie eiserne Reifen vor sich her.
Die Kellnerin langt unter dem Ölweidenast in ihre Obi-Schärpe nach der Silbermünze und wickelt diese in ein Stück Papier; still bleibt sie sitzen und wartet, daß die Köhlerstochter auf ihrem Rückweg vorbeikommt.
Singend kehren die Mädchen aus der Grundschule über den Bergpfad heim.

Mit einem Rauschen bläst
der Wind den Herbst herbei

Sommerschuhe

Im Kutschwagen die fünf alten Frauen waren allmählich eingenickt; sie hatten sich darüber unterhalten, was für eine reiche Mandarinenernte dieser Winter brachte. Das Pferd trabte, daß sein Schwanz, wie um die Möwen vom Meer her zu verjagen, auf und nieder wehte.

Kanzō, der Kutscher, liebt sein Pferd über alles. Auf dieser Landstraße ist Kanzō zudem der einzige, der einen achtsitzigen Kutschwagen besitzt. Stets ist er auch darauf bedacht, seinen eigenen am reinlichsten von allen Kutschwagen auf der Landstraße zu halten. Führt die Straße einen Hang hinauf, steigt er des Pferdes wegen sogleich vom Bock. Und er ist stolz auf die beachtliche Leichtigkeit, mit der er dieses rasche Ab- und Wiederaufsteigen bewältigt. Ein anderes Mal hüpft er hurtig vom Kutschbock, weil er aus dem Schwanken des Wagens bemerkt, daß sich hinten Kinder angehängt haben, und gibt's ihnen mit der Faust auf die Köpfe. Deshalb haben die Kinder an der Landstraße ihre Augen besonders auf Kanzōs Kutschwagen gerichtet, aber sie fürchten ihn auch am meisten.

Heute indessen, wie er's auch anstellt, bekommt er kein Kind zu fassen. Er schafft es einfach nicht, die wie die Affen an der Rückseite des Kutschwagens baumelnden Übeltäter auf frischer Tat zu ertappen. Nor-

malerweise hüpft er flink wie eine Katze hinunter, läßt den Wagen an sich vorüberfahren, und unversehens hat er den Kindern eins auf den Kopf gegeben und triumphierend gerufen: »Na, ihr Blödhammel!«
Und wiederum hüpft er hinunter und schaut nach. Es ist das dritte Mal. Ein zwölf- oder dreizehnjähriges Mädchen, vor Aufregung puterrot im Gesicht, läuft hastig auf der Straße daher. Keuchend, daß die kleinen Schultern zucken, dabei ein wildes Glitzern in den Augen. Im übrigen trägt sie ein rosa Kleidchen. Die Strümpfe sind ihr bis auf die Knöchel gerutscht. Und Schuhe hat sie keine an. Mit einem grimmigen Ausdruck starrt Kanzō auf die Kleine. Den Blick querüber zum Meer gewandt, trottet sie weiter dem Kutschwagen hinterdrein.
»Tje!«
Mit der Zunge schnalzend, ist Kanzō auf den Kutschbock zurückgekehrt. Ein so fremdartig vornehmes, hübsches Mädchen – vielleicht gehört die Kleine ja in eine der Sommervillen am Strand, ein Gedanke, bei dem er sich ein wenig befangen fühlte; andererseits ärgerte es ihn, daß er dreimal umsonst hinuntergesprungen war. Eine ganze Weile schon mußte sie an dem Kutschbock gebaumelt haben. Was ihn noch wütender machte, und er fuhr, indem er sogar seinem geliebten Pferd die Peitsche gab.
Der Kutschwagen erreichte ein kleines Dorf. Kanzō fuhr hindurch, indem er laut sein Horn blies. Als er sich einmal nach hinten umdreht, läuft die Kleine dort mit vorgeschobener Brust und das geschnittene Haar zerzaust auf den Schultern. Der eine Strumpf baumelt in ihrer Hand.

Nicht lange, und die Kleine würde sich an den Wagen hängen. Beim Blick zurück durch das Glasfensterchen hinterm Kutscherbock hat Kanzō den Eindruck, sie fange schon an, sich zusammenzukrümmen. Als aber Kanzō zum vierten Mal hinunterhüpft, hat sie den Kutschwagen bereits wieder losgelassen und läuft hinterdrein.

»Sag mal, wohin willst du eigentlich?«

Die Kleine läßt den Kopf sinken und schweigt.

»Du hast wohl vor, dich bis zum Hafen hinten dranzuhängen, oder?«

Auch hierzu schweigt sie.

»Bis zum Hafen, stimmt's?«

Da nickt sie.

»Nun schau mal auf deine Füße, ja, auf deine Füße! Die bluten doch nicht etwa, oder? Das ist mir ein hartnäckiges Dirnchen! He, dich meine ich!«

Kanzōs Gesichtsausdruck bekam jetzt etwas Gequältes.

»Also steig schon auf! Tu mir den Gefallen und setz dich hinein! Wenn du dich hinten dranhängst, wird's dem Pferd zu schwer. Sei so gut, ich bitte dich! Ich hab keine Lust, mich einen Sturkopf schimpfen zu lassen.«

Mit diesen Worten öffnete er den Kutschschlag.

Nach einer Weile, Kanzō sah sich vom Bock aus wieder nach hinten um, saß das Mädchen, ohne den Versuch zu machen, den in die Kutschentür eingeklemmten Saum seines Kleidchens herauszuziehen, da mit einem Gesicht, aus dem alle Hartnäckigkeit geschwunden war, und ließ still und wie beschämt den Kopf hängen.

Auf dem Rückweg vom Hafen indessen, den er nach einer weiteren Meile erreicht hatte, tauchte dasselbe Mädchen, wer weiß woher, abermals hinterm Kutschwagen auf. Schon hielt Kanzō ihr brav die Kutschentür auf.

»Nein, Onkelchen, da mag ich nicht hinein. Ich denke nicht daran einzusteigen.«

»Sieh nur auf deine Füße, wie sie bluten! Du hast ja die Strümpfe schon ganz rot gemacht! Was bist du für ein Dirnchen, ein schreckliches!«

Zwei Meilen weiter in Richtung Stadt näherte sich der Kutschwagen unablässig schwankend dem Dorf von vorhin.

»Onkelchen, lassen Sie mich bitte hier herunter.«

Als Kanzō wie von ungefähr auf die Straßenböschung sah, blühten dort, weiß auf dem vertrockneten Gras, ein Paar Schühchen.

»Ja, trägst du denn auch im Winter weiße Schuhe?«

»Ich bin doch im Sommer hierhergekommen.«

Sie schlüpfte in die Schuhe, und ohne sich umzuschauen, flatterte sie wie ein heller Schmetterling zurück in die Besserungsanstalt oben auf dem Hügel.

Die Tochter des Drachenkönigs

»Macht mir mein Grabmal aus einem Stein, der größer ist als sie! Bindet ihr meinen Grabstein um und begrabt sie im Meer!«

Mit diesen letzten Worten war der Vater, blutüberströmt, gestorben; also errichteten ihm seine beiden Söhne eine prächtige, eine überaus herrliche Grabstätte. Der Vater war der jungen Witwe und ihrem Liebhaber ins Garn gegangen und schließlich grausam ermordet worden.

Die beiden Söhne, sie stammten von der ersten Frau, hoben mühelos einen Grabstein auf, der größer war als die Rivalin ihrer Mutter, und trugen ihn auf einen Felsen hoch über dem Meer. Wenn man dort einen Kiesel hinunterwarf, zerstob er zu Körnchen, fein wie Sesam, um dann als solche in die Flut zu fallen; dieser Grabstein aber würde bis zum Aufprall auf den Wellen einen Glanz entfalten, daß davon die Augen geblendet wären – eine so ungeheuerliche Steilklippe war das. Die Söhne nun entkleideten die Frau und banden sie mit einem groben Strohseil auf den Stein. Hierauf stürzten sie diesen in die Tiefe. Die Frau jedoch breitete plötzlich Arme und Beine aus und hielt damit den fallenden Stein fest umschlungen. Und der Stein torkelte weiter abwärts, wobei er stöhnte wie ein lebendiges Wesen.

Aber was war das? Auf der halben Höhe des Steilhangs schien der Grabstein für die Länge eines Lidschlags angehalten zu haben, torkelte er doch nicht mehr, und die Frau, wahrhaftig, stand auf ihm und glitt sanft wie auf Schneereifen dahin. Dann beim Aufprall auf dem Meer wurde, o Wunder, ein schönes Boot daraus. Ein Boot, das wie ein Lichtstrahl stracks hinaustrieb auf die offene See. Die beiden Söhne, die das sahen, flogen aufeinander zu, sich umarmend: »Vater, verzeih uns!« schrien sie und brachen tot zusammen.

Da kam der Liebhaber der Frau herbeigeeilt. Das Boot der Frau war schnell wie eine durch den Blauhimmel dahinschießende Schwalbe. Kein anderes Boot hätte es einholen können. Also sprang der Liebhaber zur Grabstätte des Ehemannes und hob mühelos den Fundamentstein heraus. Hiernach, diesen umarmend, warf auch er sich in die Tiefe. Und wie erwartet, verwandelte sich der Stein in ein wie ein Lichtstrahl dahintreibendes Boot.

Das Boot des Mannes jagte dicht hinter dem Boot der Frau her.

»Wir sollten ihm, den wir ermordet haben, dankbar sein«, sagte der Mann.

»Niemals. Meinem Ehemann zu danken, das habe ich nicht nötig. Sobald du jedoch Gefühle der Dankbarkeit entwickelst, wird dein Boot zum Grabstein werden«, erwiderte die Frau und hatte noch nicht geendet, als sich das Boot des Mannes in einen Grabstein verwandelte und zusammen mit dem Mann sprudelnd im Meer versank.

Die Frau sah es und rief: »Ah, du mein Boot, werde

zum Grabstein und folge dem Geliebten hinab auf den Meeresgrund!«

Woraufhin sie ebenfalls, nackt und den Grabstein umarmend, wie eine Nixe im Meer versank.

Den Liebhaber ärgerte es aber über die Maßen, allein auf den Grund des Meeres hinabgeschickt zu werden, weshalb er, an den Mann gerichtet, den er mit eigener Hand getötet hatte, bittend rief: »Verwandle dich, Grabstein, in ein Boot, daß du mich hinaufträgst auf die Oberfläche des Meeres, wo das Boot meiner Geliebten schwimmt!« Und wirklich kehrte er auf halbem Wege wieder nach oben um.

Wie das ausgegangen ist? Die Frau, die in die Tiefe sank, und der Mann, der im Aufsteigen begriffen war, glitten, ohne sich gegenseitig zu bemerken, drunten in der Flut aneinander vorüber. Bis schließlich die Frau allein den Meeresgrund erreichte.

Sie war die Tochter des Drachenkönigs.

In dem Augenblick, als mir eine gewisse Person dieses Märchen erzählte, dachte ich, die Frau wird wohl Doppelselbstmord begangen haben. Tatsächlich war sie mit ihrem Geliebten ins Meer gesprungen. Der Mann war ertrunken. Als sie wieder zu Atem gekommen war, schrie sie auf: ihre Arme umschlangen den Ehemann, den sie betrogen hatte. Danach sei sie mir begegnet, und zu dem, was sie erzählt hatte, meinte die gewisse Person: »Es war genau wie im Märchen. Bis zum Ende ...«

Auf den Winter zu

Er spielte mit dem Priester des Bergtempels eine Partie Go.
»Was ist nur mit Ihnen los? Sie sind ja heute so schwach, als wären Sie nicht Sie selber.«
»Sobald die kalte Jahreszeit kommt, welke ich wie ein Grashalm und bin zu nichts mehr imstande.«
Er fühlte sich auf eine Weise zermalmt, daß er seinem Gegenüber nicht ins Gesicht zu sehen vermochte.
Letzte Nacht, noch immer im Hinterhaus des Thermalbadehotels und während sie auf das Rascheln des gefallenen Laubs draußen lauschten, war zwischen der Frau und ihm ebenfalls die Rede davon gewesen.
»Jedes Jahr, wenn ich anfange, kalte Füße zu kriegen, wünsch ich mir, ich hätte eine Familie. Ich träume dann von nichts anderem.«
»Und ich, wenn es auf den Winter zugeht, sehe ein, daß ich dich nicht verdiene. Daß ich überhaupt keine Frau verdiene. Ein Gedanke, der mich immer mehr bedrückt.«
Dabei haben sie längst aufgehört, die Worte des anderen wirklich wahrzunehmen.
Und wie um sich herauszureden, setzt er hinzu: »Wenn der Winter naht, überkommt es mich regelmäßig, dann meine ich das Gefühl nachzuempfinden, aus dem die Menschen zu Gott beten. Es ist kein Gefühl der De-

mut, sondern ein Gefühl der Hilflosigkeit. Ich denke dann unablässig an nichts als an Gott. Denke, daß es ein Glück ist, wenn man so leben kann, daß man Tag für Tag seine Nahrung hat. Wenigstens eine Schüssel Reisbrei jeden Tag.«

In Wahrheit leisten sie sich jeden Tag die üppigsten Mahlzeiten. Nur können sie dieses Thermalbadehotel in den Bergen nicht verlassen. Ginge es in der Welt zu, wie man es sich wünscht, hätten sie sich den Sommer über gewiß einen neuen Hausstand geschaffen, wie ihn die Frau vier, fünf Jahre zuvor verlor. Vor gut sechs Monaten sind sie, ohne die Konsequenzen zu bedenken, wie auf der Flucht hierhergekommen, zu einem Aufenthalt, als wäre es ihnen um ein Versteck zu tun. Der Wirt, mit dem sie bekannt sind, läßt sie die ganze Zeit wortlos in dem einen Zimmer im Nebenhaus wohnen, und sie, da sie nirgends Geld zu beschaffen wissen, rühren sich nicht von der Stelle. Inzwischen hat der Mann irgendwann jegliche Hoffnung aufgegeben und ist, wie es scheint, in allem zum Fatalisten geworden.

»Was halten Sie davon? Ich mach uns ein ordentliches Feuer und wir spielen noch eine Partie.«

Diesmal schaff ich's, dachte der Mann, da setzte der Priester plötzlich rücksichtslos einen seiner Steine in die Ecke unmittelbar vor ihm. Der Priester, ein Anfänger vom Lande, triumphierte mit solchem handstreichartigen Vorstoß; jedenfalls erwies er sich, dieser sehr mäßige Spieler, als ein schwieriger Gegner. Der Mann verlor sonderbarerweise alles Interesse an der Partie, seine Energie erschlaffte.

»Sie haben vergangene Nacht nicht etwa geträumt,

daß Sie diesen Vorstoß parieren müßten, oder? In diesem Zug nämlich liegt das Schicksal.«
Der Mann indessen setzte seinen nächsten Stein, ohne viel zu überlegen.
»Sie Narr!« lachte der Priester laut, »mit solchem Ungeschick wollen Sie den Gegner attackieren?«
Bald darauf war jene Ecke schändlich umzingelt. Schon ging es aufs Ende zu, und der Priester, indem er Zug um Zug mit Vorteil agierte, jagte seinen Gegenspieler gnadenlos über das Brett, da verlöschte plötzlich das elektrische Licht.
»Hohoho! Jetzt haben Sie mich aber schön in Erstaunen versetzt. Sie übertreffen ja noch unseren Tempelgründer. Stellen ihn geradezu in den Schatten mit Ihren magischen Kräften. Und da habe ich Sie einen Narren gescholten! Entschuldigen Sie! Wie habe ich mich getäuscht!«
Der Priester erhob sich, um im Dunkeln nach einer Kerze zu suchen. Dieses unerwartete Ereignis entlockte dem Mann zum ersten Mal ein fröhliches Lachen.
Redensarten wie »Von dem Zug haben Sie wohl vergangene Nacht geträumt« oder »He, Sie Narr!« bekommt er, wenn sie Go spielen, immer wieder zu hören. Es sind Zitate aus der Legende vom Gründer dieses Tempels, die ihm der Priester einst erzählt hat.
Errichtet wurde der Tempel in der Tokugawa-Zeit. Der Gründer war ein Samurai. Er besaß einen Sohn, der war blöde. Deshalb hatte der Majordomus des die Provinz beherrschenden Clans den Knaben verhöhnt. Daraufhin erschlug ihn der Samurai, tötete auch seinen eigenen Sohn und verließ die Provinz.

Während er sich in dem hiesigen, siebzig Meilen entfernten Thermalbadeort verborgen hielt, hatte er einen Traum. Ihm träumte, er ließe sich eine Meile von der Heißen Quelle tiefer in den Bergen von einem Wasserfall überschütten. Und es erschiene vor ihm der Sohn des Majordomus, um ihm einen Hieb von der linken Schulter her quer über die Brust zu versetzen. Er erwachte, ihn fröstelte. Das war, schien ihm, ein seltsamer Traum gewesen. Zum einen hatte er nie daran gedacht, sich unter jenen Wasserfall zu begeben. Unvorstellbar auch, daß er beim Aufblitzen der blanken Klinge ruhig sitzen bleiben sollte. Er, der sich rühmte, mit seinen von den Schwertschulen abweichenden Techniken dem Kriegskunstmeister des Clans in nichts nachzustehen, würde vom Sohn des Majordomus bei einem noch so überraschenden Angriff gewiß nicht mit einem einzigen Schwertstreich zu erschlagen sein. Andererseits, so unglaublich es war, beunruhigte ihn dieser Traum erst recht. Hatte er etwa mit seiner Zukunft zu tun? Sollte ihm im Traum das eigene Schicksal vor Augen getreten sein? War's nicht das, was man eine Offenbarung zu nennen pflegt? Und seltsam genug, der Traum lockte ihn zu jenem Wasserfall.

»Nun gut, will ich also gegen das Schicksal kämpfen. Daß ich sehe, ob ich es beeinflussen kann.«

Von diesem Tag an begann er, regelmäßig den Wasserfall aufzusuchen. Während er, von den Wassermassen übergossen, würdevoll auf dem Felsen saß, hatte er Wachträume Tag für Tag. Und unausgesetzt die Vision von dem blankgezogenen Schwert, das von der linken Schulter her quer über die Brust in ihn eindrang. Diesem Trugbild muß er entfliehen. Muß dieses Phantomschwert dazu bringen, daß es seine Schulter verfehlt und auf den Felsen trifft. Eines Tages, nachdem er sich fast einen Monat lang innerlich darauf konzentriert hatte, streifte das plötzlich aufblitzende Phantomschwert seine Schulter und schlug gegen den Felsen. Er tat einen Freudensprung.

Natürlich geschah nun dasselbe wie in seinem Wachtraum auch in der realen Welt. Der Sohn des Majordomus war gekommen, aber ob er ihm auch seine Rache ansagte oder ihn gar einen Feigling schalt, der Samurai, mit geschlossenen Augen und aufrecht sitzend, schweifte in den Bezirken des Nicht-Ich umher. Im Tosen des Wasserfalls war ihm sein Selbst verlorengegangen. Dann, die Augen noch immer fest geschlossen, sah er, eine Vision, die rasch aufblitzende blanke Klinge. Der Sohn des Majordomus traf mit seinem Schwert auf den Felsen, und seine Hand war davon wie gelähmt. Im gleichen Augenblick schlug der Samurai die Augen auf.

»Du Narr! Meinst du denn, du wärest, kaum daß du die Kunst, ein Schwert zu schwingen, ein wenig geübt hast, auch schon imstande, die Götter des Himmels und der Erde zu erschlagen? Ich für meine Person habe die himmlischen wie irdischen Geister angefleht, mir zu helfen, daß ich einem einzigen, deinem Schwerthieb entginge. Und indem ihre Kräfte mir beistanden, habe ich das Schicksalsschwert um immerhin drei Zoll abzulenken vermocht.«

Seit er ihm diese Geschichte vom Tempelgründer erzählt hatte, hatte sich der Priester angewöhnt, dem Mann von Zeit zu Zeit ein gleiches »Sie Narr!« belu-

stigt an den Kopf zu werfen und dabei vor Lachen mit dem Bauch zu wackeln.
Endlich kam der Priester und brachte eine Kerze. Aber der Mann bat, sich verabschieden zu dürfen. Der Priester setzte die Kerze in eine Papierlaterne und begleitete ihn bis ans Tempeltor. Ein heller, fast kalter Mond leuchtet. Auf den Bergen und Fluren nirgends ein Licht. Und während er über die Hänge hinaufschaut, meint der Mann: »Wir wissen gar nicht mehr, wie wahrhaft glücklich eine Mondnacht macht. Nur in den alten Zeiten, als es noch keine Lampen gab, die Menschen damals, die haben es gewußt.«
»So ist es«, erwiderte der Priester, auch er mit dem Blick auf die Berge.
»Als ich neulich durch die Berge ging, röhrten die Hirsche wie wild. Es ist wohl die Zeit der Paarung.«
›Na, und mein Weib?‹ denkt der Mann, während er die steinernen Stufen vorm Tempeltor hinabsteigt. ›Wahrscheinlich hat sie sich wie immer, den Kopf auf den Armen, auf die Bettdecke hingestreckt.‹
Seit einigen Tagen pflegt das Zimmermädchen die Betten früher herzurichten. Aber er schlüpft nicht unter die Decke, vielmehr legt er sich, weil es ihm zu mühsam ist, darunter zu kriechen, längelang oben auf das Deckbett, wobei er die Füße im Saum seines wattierten Winterschlafrocks vergräbt und die Arme unter den Nacken schiebt. Und sie, seine Frau, hat irgendwann diese Gewohnheit übernommen. So liegen sie Tag für Tag vom frühen Abend an der eine wie der andere in der gleichen Haltung auf ihren beiden Futons, träge und schlaflos, wobei sie es vermeiden, sich gegenseitig anzusehen.

Wie sein Schicksal schwebt vor dem Mann, nachdem er aus dem Tempeltor getreten ist, die so daliegende Frau herauf. Und er denkt, sollte ich nicht selbst imstande sein, mein Schicksal zu lenken?
›Los! Hoch mit dir, und setz dich ordentlich hin!‹ befiehlt er ihr in seinem Herzen, dann mit einem lauten Schrei: »He, hinsetzen sollst du dich!«
Da bemerkt er, daß die Laterne in seiner Hand heftig zu schwanken beginnt, und auf den Lidern spürt er eine schon fast winterliche Kälte.

Das Glück eines Menschen

Liebe Schwester! Lange habe ich nichts von mir hören lassen, entschuldige bitte! Ich hoffe, es geht Dir unverändert gut. Ich nehme an, auch in Kii ist es in letzter Zeit ziemlich kalt geworden. Wir hier messen täglich unter zwanzig Grad minus. Die Fensterscheiben in den Häusern wirken wie aus Milchglas. Ich fühle mich im ganzen wohl, nur habe ich aufgesprungene Hände und an den Füßen bilden sich Schrunden, was beim Laufen hinderlich ist. Kein Wunder. Jeden Morgen stehe ich um fünf Uhr auf und setze den Reis an, mache heißes Wasser und bereite die Miso-Suppe vor. Um sechs herum wird gefrühstückt. Nach dem Ende des Frühstücks räume ich ab, alles wird unters Wasser gestellt. Die Schule fängt um neun an, aber bis acht habe ich regelmäßig mit der Arbeit im Haus zu tun. Die meiste Mühe dabei habe ich mit dem Reinemachen, im Haus und draußen, einschließlich des Aborts. Natürlich auch mit Wasser.

Die Schule ist um halb drei oder drei Uhr aus; schließt sie um halb drei, muß ich bis drei, und schließt sie um drei, muß ich bis halb vier zu Hause sein, sonst kriege ich während des Abendessens geschimpft. Wenn ich heimkomme, fege ich als erstes im Haus, schlage das Brennholz fürs Kochen am nächsten Morgen säuberlich klein und schichte es auf. Manchmal geschehen

Dinge, die man einfach nicht voraussehen kann; da hat es zum Beispiel geschneit und dann fängt es an zu stürmen. Die Hände werden einem steif, die Kälte schneidet einem in die Füße, daß es schmerzt. Oder es rieselt einem vom Kragen her der kalte Schnee den Rücken herunter. Wenn ich sehe, daß aus meinen aufgesprungenen Händen das frische Blut quillt, wird mir, ohne daß ich's will, ganz flau zumute. Schließlich mache ich mich an die Vorbereitungen für das Abendessen, und nachdem wir um fünf gegessen haben, räume ich auf; dann muß ich noch bei Saburō Kindermädchen spielen, bis er eingeschlafen ist, so daß mir also kaum Zeit bleibt für die Schulaufgaben.
Sonntags wasche ich mein Hemd und meine Hose, manchmal auch Vaters und Mutters Tabi-Socken, sogar die Handschuhe wasche ich, alles im kalten Wasser, und für den Rest der Zeit muß ich wieder bei Saburō sitzen. So bin ich Tag für Tag beschäftigt, aber am Geld, um mir meinen täglichen Schulkram zu kaufen, fehlt es mir so sehr, daß ich mich einer Zwanzigerfeder wegen beschimpfen lassen muß, ehe ich dann doch was kriege, und auch der Lehrer schimpft mit mir; neuerdings bin ich in meinen Leistungen schwer abgesunken, und ich habe das Gefühl, auch körperlich bin ich ziemlich auf dem Hund.
Jetzt zu Neujahr wieder hatte ich alle Tage nur im Haus zu tun. Die Eltern aßen eine Menge Sachen, die sie mögen; mir gaben sie an den drei Feiertagen gerade mal eine Mandarine ab. An anderen Tagen ist es oft noch schlimmer. Es war am zweiten Neujahrstag. Nur weil ich das Essen hatte anbrennen lassen, bekam ich eins über den Kopf, daß sich die Feuerzange verbog.

Mir tut deswegen noch jetzt manchmal der Kopf schrecklich weh.
Wenn ich zurückdenke, ich war damals sechs, da hat er mich, der Teufel von Vater, aus dem Haus von Großvater und Großmutter weggeholt, ohne daß ich's begriffen hätte, und hat mich hierher mitgenommen in die kalte Mandschurei; ach, diese bitteren zehn Jahre, was war ich für ein unglückliches Kind! Tag für Tag die Prügel mit dem Stock wie ein Stück Vieh, oder ich kriegte mit der langen Tabakspfeife eins übergezogen. Dabei kann ich mir nicht vorstellen, daß ich so schlimme Dinge angerichtet hätte.
Die Mutter hat ihm einfach alles eingeredet. Aber nur noch einen Monat, und ich bin fertig mit der Schule; dann werde ich dieses gräßliche Haus hinter mir lassen, werde nach Ōsaka gehen, um tagsüber in einer Firma Geld zu verdienen und abends, so hoffe ich, fleißig an der Abendschule zu studieren.
Ich wünsche Dir, Kāchin (d. i. Katsuko), daß Du weiterhin gesund bleibst. Grüße bitte Großvater und Großmutter in Kumano. Sayōnara.
Während der Mann diesen Brief las, den er ihr aus der Hand gerissen hatte, saß Katsuko reglos da.
»Wie kann man denn einen Jungen solche Arbeiten verrichten lassen?«
»Einem Mann, glaube ich, würde man das allerdings kaum zumuten ...«
»Ihn zu solchen Arbeiten anzustellen!« wiederholte der Mann. In seinen Worten schwang ein tiefes Mitgefühl. »Hast du denn in der Mandschurei auch so gelebt?«
»Für mich war's noch viel schlimmer.«

Da begriff er zum ersten Mal das Gefühl, mit dem Katsuko, als sie dreizehn gewesen war, aus der Mandschurei allein zurück nach Kii gekommen war. Bisher hatte er sich nur gewundert über die Beherztheit des jungen Mädchens.

»Und was gedenkst du nun zu tun?«

»Ich werde meinen Bruder weiter auf die Schule schicken. Mag es mir ergehen, wie's will. Ich schaffe das.«

»Ja, dann solltest du ihm am besten gleich das Reisegeld schicken und ihn zu dir rufen.«

»Zur Zeit geht das nicht. Wenn er den Zug besteigt, wird man ihn unterwegs auf irgendeinem Bahnhof festhalten. Und nimmt er das Fährschiff, erwischt man ihn um so sicherer. Unser Vater jedenfalls wird ihn, sobald er in diesem Frühling die Grundschule hinter sich hat, verkaufen. Mir hat er auch Tag für Tag angedroht, mich zu verkaufen. Nein, ich denke mir das so: Ich werde denen, an die der Bruder verkauft worden ist, das Geld schicken und ihn auf diese Weise zurückkaufen.«

»Das dürfte erst recht schiefgehen. Wenn er in der Mandschurei verkauft wird, wie willst du dann wissen, wohin man ihn gebracht hat und was aus ihm geworden ist?«

»Aber es hilft nichts. Sollte er unterwegs aufgegriffen und zurückgebracht werden, wird unser Vater ihn, fürchte ich, zu Tode prügeln.«

Katsuko ließ den Kopf hängen.

Sie war das Mädchen, das den Mann während seiner Krankheit das Jahr über gepflegt hatte. Während dieser Zeit hatte sich in dem Mann eine Stimmung ausgebreitet, als werde er nie mehr imstande sein, sich von Katsuko zu trennen. Freilich, wenn er, der er verheiratet war, Katsuko über den Augenblick hinaus liebte, würde er sie, nach dem üblichen Gang der Dinge in dieser Welt, womöglich ins Unglück stürzen; aber er hatte sich nun einmal für sie entschieden, selbst auf die Gefahr hin, daß es tatsächlich dazu käme. Und nun dieser Brief von ihrem jüngeren Bruder. Der Brief ließ die Wangen des Mannes kalt erstarren. Nein er durfte es nicht zulassen, durfte Katsuko, die, zu Tode verzweifelt, aus einer noch weit unglücklicheren Kindheit als ihr Bruder hierher in die Ferne geflohen war, nicht einer wiederum unglücklichen Zukunft aussetzen. Damit war seine Leidenschaft zunächst gebremst. Andererseits hatte er jetzt die wirkliche Genesung erreicht.

Gut, dachte er, ich werde in die Mandschurei fahren, ich werde ihren jüngeren Bruder den Händen der Stiefmutter entreißen. Und dafür sorgen, daß er auf die höhere Schule kommt.

Der Mann freute sich. Wenn er sich so um ihren Bruder kümmerte, würde er auch mit Katsukos Leben in Berührung kommen. Zudem wäre es in der Tat etwas Greifbares, einen jungen Menschen glücklich zu machen. Wer es schafft, in seinem Leben auch nur einem einzigen Menschen zu seinem Glück zu verhelfen, der gewinnt zugleich sein eigenes Glück.

Der Vorfall mit dem Hut

Es war Sommer. Im Shinobazu-Teich in Ueno öffnete der Lotos Morgen für Morgen neue Blüten, wobei die Knospen mit einem lieblichen Knall zu zerspringen pflegen.

Eines späten Abends nun ereignet sich dieser Vorfall auf der über den Teich hinüberführenden Brücke der Mondbetrachtung.

Am Brückengeländer haben sich Kühlung suchende Menschen aufgereiht wie die Perlen eines Rosenkranzes. Der Wind kommt aus Süd. Drüben in der Stadt hängen die leichten Bambusvorhänge an den Eisläden noch schlaff und reglos herab. Hier indessen weht eine sanfte Brise; sie macht, daß der im Teich gespiegelte Mond als ein zwei Fuß großer goldschuppiger Fisch erscheint. Doch die schweren Lotosblätter umzustülpen, reicht der Wind nicht aus.

Einige der da Kühlung Suchenden sind Stammgäste. Sie wissen, wo der Wind entlangweht. Spornstreichs eilen sie bis dahin auf die Brücke, steigen über die eiserne Geländerstange und treten hinaus auf den Brückenrand. Sodann streifen sie, um barfuß zu sein, ihre Geta-Sandalen ab, stellen die Geta nebeneinander und setzen sich darauf. Schließlich nehmen sie den Hut ab und legen ihn entweder auf die Knie oder einfach neben sich.

Hell strahlen südlich des Teiches die Lichtreklamen:

HŌTAN – BLUTOSE - UTSU-ÜBERLEBENS-
PILLEN – LION-ZAHNPULVER

Unter den Kühlung Suchenden, es scheint sich um Handwerker zu handeln, entwickelt sich das folgende Gespräch.
»Bei Hōtan sind die elektrischen Schriftzeichen am größten ... Es ist eben eine alte, bewährte Firma.«
»In letzter Zeit, denke ich, hat das Geschäft bei Hōtan ziemlich nachgelassen.«
»Aber unter den Mittelchen dieser Art ist Hōtan nun mal das beste.«
»Ist es das wirklich?«
»Und ob! Jintan dagegen verkauft sich bloß mit viel Reklame ...«
Im selben Augenblick erklang plötzlich ein Schrei: »Ah, verdammt!« Ein junger Mann, vier oder fünf Schritte entfernt, hatte beide Arme auf den Brückenrand gestemmt und spähte in die Tiefe. Drunten schwimmt ein Strohhut auf dem Wasser.
Nun brachen die Leute in seiner Nähe in ein leichtes Lachen aus. Der Mann, dem der Hut hinuntergefallen war, errötete, er wollte davonlaufen.
»He, du!« meinte eine strenge Stimme. Der zu der Stimme gehörige Mann packte den, dem der Hut hinuntergefallen war, beim Ärmel. »Hol ihn heraus. Da ist doch nichts dabei.«
Der Mann, der den Hut verloren hatte, erschrak; er drehte sich nach dem Hageren um, und auf einmal wich er in ein schwaches, verlegenes Lächeln aus.

»Lassen wir's. Ich kann mir ja einen neuen kaufen; das ist sogar noch besser.«
»Wieso denn?« fragte der andere in einem seltsam scharfen Ton.
»Wieso? Es ist ein alter Hut, vom vorigen Jahr. Höchste Zeit, daß ich mir einen neuen kaufe. Außerdem, wenn er mal so naß geworden ist, quillt das Stroh auf.«
»Ebendeshalb: du solltest ihn rasch herausholen, ehe er aufquillt, nicht wahr?«
»Selbst wenn ich's versuchte, ich komme nicht an ihn ran. Lassen wir's also gut sein.«
»Natürlich kommst du an ihn heran. Wenn du so mit der Hand den Brückenrand packst und läßt dich hinunterhängen, kannst du ihn mit den Füßen erreichen«, sagte der hagere Mann, während er seinen Hintern über den Teich streckte, um anzudeuten, wie das Hinunterhängen aussehen sollte. »Ich halte dich dann von oben bei der anderen Hand.«
Die Leute ringsum fanden die Pose des Hageren zum Lachen. Einige von ihnen standen auf und kamen näher. Hierauf wandten sie sich an den Mann, der den Hut verloren hatte.
»Hör mal, du mußt ihn herausholen. Dem Wasser einen Hut aufzusetzen ist doch sinnlos.«
»Genau! Dem großen Teich einen kleinen Hut – was versteht denn die Katze von einem Goldstück? Du solltest ihn wirklich herausholen.«
Der Mann, der den Hut verloren hatte, begann sich den Umstehenden gegenüber allmählich immer feindseliger zu verhalten. »Wenn ich ihn herausfische, ist er jedenfalls nicht mehr zu gebrauchen.«
»Angenommen, du holst ihn heraus und er taugt

nichts mehr, kannst du ihn ja immer noch einem Bettler schenken, oder?«

»Besser, er wäre gleich von Anfang an einem Bettler auf den Kopf gefallen.«

Der hagere Mann jedoch, mitten in dem allgemeinen Gelächter, meinte mit strengem Ernst: »Wenn du noch weiter zögerst, schwimmt er davon.« Damit griff er mit der einen Hand nach dem eisernen Geländer, während er die andere zum Teich hinunter ausstreckte. »So, und jetzt halte dich an meiner Hand fest ...«

»Sie meinen, ich soll ihn herausholen?«

Der Mann, der den Hut verloren hatte, fragte dies mit einer Stimme, als ginge es nicht um seinen Hut.

»Ja, das sollst du.«

»Also dann ...« Der Mann, der den Hut verloren hatte, bereitete sich vor, indem er seine Geta-Sandalen abstreifte.

»Halte dich fest an meiner Hand!«

Den Zuschauern kam das so unerwartet, daß ihr Lachen mit einem Schlage verstummte.

Der Mann, der den Hut verloren hatte, griff mit seiner Rechten nach der Hand des hageren Mannes, faßte mit seiner Linken nach dem Brückenrand und ließ seine beiden Füße an einem Brückenpfahl entlang langsam hinabgleiten. Jetzt hing er senkrecht nach unten. Seine Füße berührten das Wasser. Er klemmte das obere Teil des schwimmenden Hutes zwischen seine Füße. Packte mit den Zehen die Krempe. Hob hierauf mit einem Ruck die rechte Schulter, stemmte den linken Ellbogen auf den Brückenrand, um dann den rechten Arm so weit wie möglich zu strecken.

In diesem Augenblick stürzte er kopfüber in den Teich, daß das Wasser nur so spritzte.
Der hagere Mann, der ihn an seiner rechten Hand gehalten, hatte plötzlich losgelassen.
»Nein!!«
»Jetzt ist er reingefallen.«
»Er ist reingefallen.«
So schrien die Zuschauer wild durcheinander und spähten hinunter auf den Teich. Und während sie schrien, fielen, von hinten bedrängt, einige von ihnen ebenfalls in den Teich.
Wie um diesen Tumult niederzukämpfen, stieß der hagere Mann ein schrilles, eiskaltes Gelächter aus. »Ha-ha-ha! Ha-ha-ha!« Damit lief er, einem schwarzen Hund vergleichbar, mit vorgebeugtem Oberkörper über die mondhelle Brücke hinüber in Richtung Stadt.
»Er hat sich davongemacht!«
»Verdammt!«
»Es wird doch nicht ein Taschendieb gewesen sein?«
»Vielleicht ein Irrer.«
»Am Ende war's ein Geheimpolizist.«
»...«
»...«
»Oder es war das Tengu-Gespenst vom Ueno-Berg.«
»Oder ein Kappa aus dem Shinobazu-Teich.«

Süßen. Warte, ich setz mich zu dir, ich überlaß dir den linken Stiefel. Der paßt besser an den rechten Fuß.« Ken fuhr in die viel zu großen Soldatenstiefel, er stand auf, und mit einer Handbewegung fegte er die Hobelspäne vom Schoß der alten Frau.

Am 1. September im Jahr zuvor waren beim Großen Erdbeben sämtliche Angehörige der alten Frau hier im Heeresdepot verbrannt. Nur sie selber war gerettet und in den städtischen Baracken im Asakusa-Park untergebracht worden.

Ken, der schlaue Bettler, der im Park zu hausen pflegte, hatte sich nach dem Erdbeben, die allgemeine Verwirrung ausnutzend, als Betroffener ausgegeben und Kleider sowie Lebensmittelzuteilungen erhalten. Als indessen diese Bettler aus den Baracken verjagt wurden, hatte Ken die alleinstehende alte Frau in ein Gespräch verwickelt und sie davon zu überzeugen gewußt, daß er der jüngere Bruder ihres verstorbenen Mannes sei. Doch die Stadtverwaltung sah keinen Grund, arbeitsfähige Männer auf Dauer durchzufüttern, auch machte sich seine ursprüngliche Bettlernatur bemerkbar, jedenfalls verließ er nach zwei, drei Monaten die obrigkeitliche Rettungsaktion wieder.

Die alte Frau brachte es nicht fertig, sich von Ken zu trennen. Irgendwann hatte sie sich daran gewöhnt, gestützt auf Ken ihr Leben zu leben. Also gingen die beiden zusammen betteln. Sie zogen von Haus zu Haus, soweit diese in dem zur Hälfte zerstörten Tōkyō wiederaufgebaut waren. In jener ersten Nacht hatten sie Regen und Tau zu ertragen.

An diesem Tag nun war eine vom Kaiser entsandte Delegation bei der Brandruine des Heeresdepots erschienen. Der Premierminister, der Innenminister und der Oberbürgermeister von Tōkyō verlasen auf dem Festplatz Beileidsbekundungen. Die ausländischen Botschafter hatten Blumenkränze geschickt.

Um elf Uhr achtundfünfzig hielten sämtliche Verkehrsmittel für eine Minute an, alle Bürger verharrten in Schweigen.

Dampfschiffe, die sich, aus der Gegend von Yokohama gekommen, hier versammelt hatten, verkehrten den Sumidagawa-Fluß hinauf bis zum Ufer vor dem Depot. Automobilfirmen veranstalteten mit eigenen Besatzungen Wettfahrten bis zur Brandruine. Die verschiedenen religiösen Körperschaften, das Rote-Kreuz-Krankenhaus und die christliche Mädchenschule stellten Erste-Hilfe-Trupps zur Verfügung.

Die Ansichtskartenhändler trieben Landstreicher zusammen, um sie als Schwarzhändlerkolonnen mit den Photos der grausam zugerichteten Erdbebentoten loszuschicken. Die Filmtechniker liefen mit hohen dreibeinigen Stativen umher. Die Geldwechsler standen einer am anderen, sie wechselten den Besuchern die Silbermünzen in Kupfer fürs Geldopfer.

Mitglieder der Jugendgruppen in Uniform bewachten die Übergänge über die Straßen. An den Barackenzeilen am östlichen Aufgang der Azuma- und der Ryōgoku-Brücke waren Trauervorhänge ausgespannt und die Besucherscharen wurden eingeladen zu frischem Wasser, zu Milch, Keksen, gekochten Eiern oder zu geschabtem Wassereis.

Schaubühne für den Epilog zur vorjährigen Tragödie.

Und während sich die Zehntausende drängten, hielt Ken den Arm der alten Frau gepackt, wie um sie mit sich zu führen. Vor dem großen Tor, dessen blankes Holz mit schwarzweißen Tüchern umwickelt war, nahm er schnell den Stiefel von seinem linken Fuß und ließ die alte Frau hineinfahren.
»Am rechten Fuß die Strohsandale ziehst du aber aus. Du mußt ja barfuß sein, verstehst du?«
Hierauf ließen sie sich den durch Pflöcke abgegrenzten Weg entlang erwartungsvoll vorwärts drängen; Schritt für Schritt bewegten sie sich näher an den Eingang der Totengedächtnishalle heran. Und jetzt begann über den Köpfen der Menge ein dunkler Platzregen niederzugehen.
»Da schau, Muttchen! Schau nur! Lauter Münzen! So ein Geldregen!«
Als sie dann wie einen prächtigen Wald die geopferten Blumenkränze und Sternanissträuße dicht vor Augen hatten, wurden plötzlich ihre Füße eiskalt. Es war das Geld.
»Au!«
»O weh!«
Die Leute zogen die Hälse ein. Es war das Geld. Unter den Füßen Kupferstücke, Kupferstücke, Silbermünzen. Überall Münzen. Man lief buchstäblich auf Geld. Vor der Halle auf den weißen Baumwolltüchern Berge von Münzen. Die Menge, unbeweglich geworden und darauf wartend, daß es voranginge, warf unterdessen unentwegt ihre Münzen in die Luft, und diese schlugen über die Köpfe hinweg wie weitgestreuter Hagel ein.
»Na, Muttchen, begreifst du nun, wie schlau ich war? Halte nur aus, ich bitte dich!«

Kens Stimme bebte. Mit den Zehen seines linken Fußes kratzte er eifrig die Münzen zusammen, dann warf er sie in den viel zu großen Stiefel am rechten Fuß.
Der von den Geldstücken kalte Weg wurde, je näher man den Gedächtnishallen kam, desto dicker, so häuften sich die Münzen. Schon gingen die Leute gut einen Zoll über dem Erdboden.

An den schweren Stiefeln schleppend, flohen sie hinunter zum einsamen Ufer des großen Flusses. Sie hockten sich unter ein rostiges Blechdach, sie scheuten die wie die Sonne strahlenden Schiffe vom Sommerfest an der Ryōgoku-Brücke, sie scheuten die Menschenmassen.
»Ach, ich wollte, ich wäre tot. Wir sind den Weg des Geldes gegangen; wie sündig! Ja, es war eine Sünde. Meine Füße, weißt du, haben sich zusammengekrampft, als ginge ich in der Hölle über den Nadelberg.«
Im Gegensatz zu Kens Gesicht, das bei diesen Worten erbleichte, erglühten die Wangen der alten Frau in jugendlicher Röte.
»Du kannst mir glauben, Ken, mir pocht das Herz wie einem jungen Mädchen. Auf den Münzen zu laufen, das war ein herrliches Gefühl. Als bisse mir ein geliebter Mann in die Fußsohle.«
Die alte Frau zog den Stiefel vom linken Fuß. Ken, der einen Blick hineinwarf, schrie erstaunt: »Na, sag mal, du hast ja nur lauter Silbermünzen aufgeklaubt!«
»Natürlich. Ich bin doch nicht so dumm und hebe Kupferstücke auf.«

»Hm. Geradezu unheimlich!«
Ken sah ihr forschend ins Gesicht.
»Ich hab nun mal eine Bettlernatur ... Im Gedränge, wenn man seinen eigenen Gürtel nicht mehr sieht, macht man keinen Unterschied zwischen Silber und Kupfer. Ich bin überall auf Münzen getreten. Hatte ich zehn Stück beisammen, kriegte ich einen Krampf im Fuß. Ihr Frauen, ihr habt eben, wenn's drauf ankommt, die größere Courage.«
»Was redest du da? Zähl lieber nach!«
»Fünfzig Sen, sechzig Sen, achtzig Sen, neunzig Sen, ein Yen und vierzig Sen ... einundzwanzig Yen und dreißig Sen, und das ist längst nicht alles.«
»Hör mal, Ken, ich hab ja ganz vergessen, dem Mädchen den Kamm zu opfern, er steckt noch immer in meiner Kimono-Brust.«
»Das Mädchen dürfte noch kaum im Himmel sein!«
»Ich werf ihn ins Wasser. Das mach ich! Ich steck den Kamm in den Stiefel und laß ihn den Fluß hinunterschwimmen!«
Mit einem Armschwung, kräftig wie eine Junge, schleuderte die alte Frau den Stiefel in den großen Fluß.
»Ach, Ken, das Geldzählen können wir auf morgen verschieben. Laß uns Reiswein kaufen. Und Meerbrasse. Heute nacht – da bin ich deine Braut! Merk dir das! Was bist du denn so verwirrt? Ach, Ken, du schrecklicher Mensch, du!«
Die Augen der alten Frau bekamen einen feuchten, seltsam jugendlichen Glanz.
Aus dem untergehenden Stiefel trieb der rote Kamm unvermerkt herauf, und ruhig schwamm er auf dem großen Fluß dahin.

Eine Frau

In der Burgstadt der Zen-Priester hatte einen Kopf wie ein Flaschenkürbis. Zu einem Samurai, der zum Tempeltor hereinkam, meinte er: »Gewiß habt Ihr unterwegs eine Feuersbrunst bemerkt, oder?«
»Da war eine Frau, die weinte zum Erbarmen. Ihr Gemahl sei verbrannt, sagte sie und weinte ohne Unterlaß. Ihr bloßer Anblick erweckte mein Mitleid.«
»Ha-ha ha-ha-ha! Dieses Weinen war eine Lüge.«
»Was soll das heißen?«
»Sie log, als sie Tränen vergoß. Es freut sie, daß ihr Gemahl tot ist. Vermutlich hat sie einen anderen Mann. Vermutlich hat sie ihren Gemahl dazu gebracht, sich mit viel Reiswein in den Schlaf zu trinken, und hierauf haben die beiden, sie und der andere Mann, den Gemahl durch einen Nadelstich in den Kopf getötet. Dann haben sie wohl das Haus in Brand gesteckt.«
»Das ist ein Gerücht, nehme ich an.«
»Nein, kein Gerücht. Es ist ihr Weinen.«
»Ihr Weinen?«
»Die Menschen haben dieselben Ohren wie Buddha.«
»Hm. Wenn das wahr sein sollte, ha! elendes Weib!«
Der junge Samurai verdrehte die Augen und galoppierte zum Tor hinaus.

Nicht lange, und er kehrte, bleich geworden, zurück.
»Hochwürden!«
»Nun, wie ist es ausgegangen?«
»Ich habe sie mit einem einzigen Schwertstreich durchtrennt.«
»Ha-ha ha-ha-ha! Ihr habt es also getan?«
»Obgleich mir, als ich das Schwert aufblitzen sah, Eure Worte, Hochwürden, zweifelhaft erschienen. Die Frau, flehentlich allein dem verkohlten Leichnam ihres Gemahls zugekehrt, weinte und schrie mit lauter Stimme. Dann wandte sie sich um, legte die Hände aneinander und verbeugte sich vor mir. ›Daß Ihr mich töten wollt, daß Ihr mich zu ihm, meinem Mann, schicken wollt, dafür danke ich Euch‹, sagte sie lächelnd und starb.«
»Aha! Das ist, finde ich, recht glaubhaft.«
»Was meint Ihr damit?«
»Als ich bei ihr vorbeikam, war ihr Weinen eine Lüge, als Ihr vorbeikamt, weinte sie wirklich.«
»Auch die den Mönchsweg wählten, haben dennoch sehr oft die Menschen getäuscht.«
»Ihr jedenfalls habt nicht dieselben Ohren wie Buddha.«
»Da beschmutzt Ihr das Schwert eines Samurai. Was tu ich mit dem Schmutz an meinem Schwert?«
»Ihr solltet es reinigen. Zieht blank!«
»Um den Kürbiskopf zu zerhauen?«
»Ihr werdet es wieder beschmutzen.«
»Wenn dem so ist ...«
»Seid so gut und überlaßt es zunächst einmal mir!«
Und als er das blanke Schwert ergriffen hatte, schleuderte es der Priester mit einem heftigen Schrei zwi-

schen die Totengedenksteine auf dem Gräberfeld. Klirrend durchschlug es einen der Steine. Aus dem Stein quoll tropfend das rote Blut.
»Oh, Himmel!«
»Es ist das Blut des ermordeten Mannes.«
»Des ermordeten Mannes?«
»Es ist das Blut der ermordeten Frau.«
»Wie das? Wollt Ihr mit Magie mich foppen?«
»Hier ist keine Magie im Spiel. Dieser Stein steht für Generationen von Ahnen des Hauses, das nun in Asche liegt.«
Den Samurai begann ein Schauder zu überlaufen.
»Hochwürden, das Schwert ist eine berühmte Klinge, fortgeerbt in unserer Familie seit Generationen; deshalb ...«
»Nichts spricht dagegen, daß Ihr es Euch holt.«
Als der Samurai die Hand auf das Schwert legte und es an sich zu reißen versuchte, stürzte der Stein um, dabei zerbrach mit einem Knacken die Klinge. Der Stein war von einer glatten Haut aus grünem Moos umschlossen, keine Kratzspur war daran zu erkennen.
»Das ist ja seltsam.«
Während sich der Samurai auf den Erdboden setzte und wie benommen das zerbrochene Schwert betrachtete, lief der Priester eilends zur Haupthalle hinüber.
»Höchste Zeit, die Sutra zu lesen.«

Das Fräulein aus Suruga

»Ah, wir müßten auch hier bei Gotemba wohnen. Dann brauchte ich keine anderthalb Stunden.«
Das war, als der Zug die Station Gotemba erreichte. Die Schülerin hatte beide Knie heraufgezogen, und schon schien es, als wollte sie sich wie ein Heuschreck mit den Füßen vom Waggonboden abstoßen, da preßte sie plötzlich ihre Wange gegen die Fensterscheibe, und während sie den Mitschülerinnen nachschaute, die sich vom Bahnsteig her mit einem kindlichen Nicken verabschiedeten, schob sie reichlich gelangweilt die Schultern hoch; dabei fielen diese Worte.
In dem Zug pflegt es von Gotemba an schlagartig einsam zu werden. Wer jemals eine längere Reise nicht in einem Schnellzug, sondern in einem einfachen Personenzug gemacht hat, wird das kennen. Morgens um sieben oder acht und nachmittags um zwei oder drei Uhr sind diese Züge üppig angefüllt mit Blütensträußen. Dann geht von den Gruppen der jungen Fahrschülerinnen in den Waggons eine so wunderbare Helle und Lebhaftigkeit aus. Und doch, wie kurz währt diese blütenreiche Zeit! Von fünfzig jungen Mädchen ist manchmal schon nach zehn Minuten an der nächsten Station keine einzige mehr da. Andererseits habe ich auf meinen Bahnreisen so viele Ein-

drücke von Mädchen aus den verschiedenen Provinzen gewonnen.
Diesmal war ich jedoch auf keiner langen Reise. Ich fuhr, von Izu kommend, nach Tōkyō. In jenen Tagen wohnte ich in den Izu-Bergen. Von Izu her stieg ich in Mishima auf die Tōkaidō-Linie um, und immer erwischte ich gerade einen solchen Blumenzug. Die Zugestiegenen waren Schülerinnen der Mädchenschulen von Numazu und von Mishima. Da ich jeden Monat ein- oder zweimal nach Tōkyō fuhr, hatte ich mir in einem einzigen Jahr zwanzig dieser Mädchengesichter eingeprägt. Ich erinnerte mich an die Gefühle, die ich hatte, als ich, selber ein Fahrschüler, die Mittelschule besuchte. Schließlich wußte ich auch ungefähr, in welchen Waggon die Mädchen einsteigen würden.
So hatte ich mich diesmal wieder in den zweiten Wagen von hinten gesetzt. Das Mädchen, das von den anderthalb Stunden gesprochen hatte, fuhr von Numazu bis zur Station Suruga mit. Ein Mädchen also aus Suruga. Wer den Zug über Hakone hinaus benutzt, weiß sicher Bescheid. Suruga ist die Stadt, in der die Arbeiterinnen aus den Fenstern und Höfen der großen Spinnerei jenseits des Gebirgsflusses dem Zug mit weißen Tüchern zuwinken. Vielleicht ist das Mädchen zum Beispiel die Tochter eines Ingenieurs aus der Spinnerei. Sie pflegt regelmäßig in den zweitletzten Wagen einzusteigen. Und sie ist die schönste und fröhlichste von allen.
Anderthalb Stunden im Zug, und das hin und zurück, also zweimal jeden Tag, das ist lang genug, um einen jungen, rehgleichen Körper wie den ihren kaputtzu-

machen. Außerdem, jetzt im Winter mußte sie morgens noch in der Dunkelheit aus dem Haus und kehrte erst heim, wenn es schon wieder dunkel war. Kommt doch dieser Zug erst um fünf Uhr achtzehn in Suruga an. Für mich, um ehrlich zu sein, sind anderthalb Stunden natürlich viel zu kurz. Ohne mir darüber klarzuwerden, was ich tue, schaue ich ihr zu, wie sie schwatzt, wie sie ihre Schulbücher aus der Tasche holt, wie sie zu stricken versucht, wie sie ihre abseits sitzenden Freundinnen neckt, und die Zeit ist mir viel zu kurz dafür. Und sind wir einmal in Gotemba angekommen, bleiben nur noch zwanzig Minuten.

Genau wie das Mädchen sah ich jetzt den Schülerinnen nach, die draußen über den verregneten Bahnsteig gingen. Es war Dezember, die elektrischen Lampen glänzten feucht im Dämmerlicht. In der Ferne aus den dunklen Bergen stiegen deutlich die Flammen eines Waldbrands auf.

Das Mädchen, wie umgewandelt, hatte jetzt nicht mehr die bisherige Fröhlichkeit, sondern unterhielt sich mit tiefem Ernst und leise mit den Freundinnen. Darüber, daß nächstes Jahr im März Examen sei. Daß sie dann auf die Frauenuniversität in Tōkyō gehen werde. Gemeinsam beredeten sie das.

Wir erreichten Suruga, hier verließ auch die letzte Schülerin den Zug. Mein Gesicht dicht an der Scheibe, gegen die ein heftiger Regen schlug, schaute ich ihr nach. Im selben Augenblick, als sie aus dem Wagen heraus war, schrie jemand von irgendwoher »Ah, Fräulein!« und kam näher gerannt: ein anderes Mädchen, das ihr stürmisch um den Hals fiel.

»Nanu?«

»Ich habe auf Sie gewartet. Ich hätte den Zweiuhrzug nehmen können. Wollte aber nicht fahren, bevor ich Sie getroffen habe ...«

Die beiden Mädchen, unter einem einzigen Schirm, vergaßen den Regen. Eilig schwatzten sie miteinander, wobei sich ihre Wangen fast berührten. Der Zug pfiff zur Abfahrt. Das andere Mädchen sprang hastig in den Wagen und reckte dann den Kopf zum Fenster heraus.

»Sobald ich nach Tōkyō komme, können wir uns sehen, nicht wahr? Du kommst zu mir ins Studentenheim, bitte!«

»Nein, das geht doch nicht.«

»Wieso denn nicht?«

Beide machten sie, jede auf ihre Weise, betrübte Gesichter. Das andere Mädchen war offensichtlich eine Arbeiterin aus der Spinnerei. Sie hatte wohl in der Firma Schluß gemacht und ging nach Tōkyō. Da hatte sie an die drei Stunden auf der Station gewartet, um die Schülerin zu treffen.

»Wir sehen uns bestimmt in Tōkyō.«

»Na ja.«

»Leb wohl!«

»Sayōnara!«

Die Schultern der Arbeiterin waren vom Regen klatschnaß. Die Schultern der Schülerin vermutlich auch.

Die detektivischen Bemühungen einer Dame

Zu den Fenstern der elektrischen Staatsbahn herein wehte der Duft des jungen Laubs. »Hatschi! Hatschi!« Die Dame, sie hielt sich an dem von oben herabhängenden Ledergriff fest, nieste mehrmals nacheinander. Kühn und unerschrocken hatte sie die Beine gegrätscht; in jeder Hinsicht: sie besaß einen festen Stand. Da der eine Ärmel der Schlaufe wegen, mit der ihr orangefarbener Sonnenschirm über den nach oben gereckten Arm geschoben war, ohnehin verrutscht wäre, hatte sie einfach beide Ärmel aufgekrempelt. Ihr straff nach hinten gekämmtes Haar war zu einem lockeren Knoten geschlungen, vermutlich weil es sich so ohne viel Umstände mit einer Hand ordnen ließ; hingegen war der Nacken sorgfältig bis zum Blauschimmer ausrasiert, und zwar derart, daß er davon den Eindruck gewinnt, sie besäße auch nach hinten spöttisch lächelnde Augen. Am Haori-Überwurf bemerkt er ein schlichtes Muster smaragdfarbener Streifen auf dunkelblauem Grund. Übrigens ist das Kleidungsstück, wie ihm scheint, beim Zusammenlegen nicht immer ordentlich behandelt worden. Ihren gesamten Körper hat die Dame nach der Seite mit dem Sonnenschirm hin gebogen, weshalb ihr Hüftknochen unter dem Haori kräftig hervortritt und er hinter ihr nur mühsam der Versuchung widersteht,

ihr mit den Handknöcheln einen Schlag auf diese Wölbung zu versetzen.
In diesem Zustand und während sie der Form halber die zusammengekrümmte freie Hand an die Nase führte, hat die Dame niesen müssen. Schließlich fängt sie sogar an zu gähnen. Hier nun überkam Asada ein Lachen. Die Dame hatte den Zug vermutlich in der Absicht bestiegen, sich am Mainachmittag um drei Uhr aufs Bett fallen zu lassen. Hatte wohl das junge Laub vor den Zugfenstern mit dem jungen Laub vorm Fenster an ihrem Bett verwechselt. Es ist Mai. Ihre Knochen sind schlaff bis zur Erschöpfung, dabei weht der grüne Maiwind durch sie hindurch.
Asada, spöttisch belächelt aus den blauen Augen im Nacken der Dame, sitzt in korrekter Universitätsuniform auf der Längsbank an der gegenüberliegenden Seite des Waggons. Er weiß zwar, daß sie die Frau seines älteren Studienfreundes Andō ist, doch die Dame da drüben dürfte sich schwerlich an sein Gesicht erinnern; und selbst wenn er ihr seinen Platz anböte, es liefe doch nur darauf hinaus, daß er irgendwelches dummes Zeug redete, um deshalb zu erröten.
Auf der nächsten Station erhielt sie einen Platz Asada genau gegenüber. Er überlegte, ob er sie einfach begrüßen sollte, aber ihre runden Augen blickten zwar aufgeregt ringsumher, schienen jedoch in Wahrheit nichts zu sehen. Auch hatte sie jetzt den kurzen Sonnenschirm vom Schoß genommen und ihn leicht auf die Schulter gelegt wie ein Kind das Spielzeuggewehr. Und dann gähnte sie offen heraus und ohne Rücksicht auf die Umgebung. Vielleicht waren ihre Lippen besonders zart, jedenfalls erstaunlich, was für

ein vollkommenes Rund sich dabei öffnete. Übrigens besaß sie ein so herrliches Gebiß, daß der Verdacht nahelag, sie wolle bei dieser Gelegenheit auf die Schönheit ihrer Zähne aufmerksam machen. Unverändert gleichgültig und nach einigem fast hörbaren Zwinkern wischte sie mit den Lidern über die offensichtlich tränennassen Augäpfel und ließ hierauf ihre Blicke abermals ziellos herumspazieren.

Diesmal lachte Asada wahrhaftig laut heraus. Ich muß diese Dame, die alle Furcht und Scheu verloren zu haben scheint, mit irgend etwas erschrecken. Als sie auf einer der Stationen ausstieg, lief er ihr nach.

»Sie sind Frau Andō, nicht wahr? Ich bin Asada.«

»Ah ja.«

»Vorhin in der Bahn ...«

»Da sind wir also zusammengewesen? Ich habe Sie überhaupt nicht bemerkt, entschuldigen Sie.«

»Aber bitte, ich muß mich entschuldigen. Ich habe Sie zwar nur ein einziges Mal zusammen mit Andō an der Ginza kurz gesprochen, mich aber jetzt gleich an Sie erinnert.«

»So war das also.«

»Das ist schon seltsam. Wissen Sie, daß Sie eine Ähnlichkeit mit Andōs jüngerem Bruder Shinkichi haben?«

»Oh!«

Sieh an, das hat sie nun doch schockiert. Wenigstens das, dachte Asada und lächelte sichtlich befriedigt.

»Ja, anscheinend werden Sie Shinkichi allmählich immer ähnlicher.«

»Was Sie nicht sagen! Ich habe zwar von einem jüngeren Bruder Andōs gehört, aber getroffen habe ich ihn noch nie. Komisch, wie kann so etwas nur sein? Sind Sie mit seinem jüngeren Bruder in letzter Zeit zusammengetroffen?«

»Ja, verschiedentlich.«

Das ist glatt gelogen. Er hat Shinkichi seit drei, vier Jahren nicht gesehen.

In Andōs Arbeitszimmer auf dem Tisch der Fliederstrauß, üppig wie ein Weißpfauenschwanz. In die Wand eingelassene Bücherregale, die an einen Kleiderschrank erinnern. Auf den Türen ein Streudekor aus perlmutternen Ahornblättern, ungewöhnlich, aber von vornehm japanischem Stil. Dazu der Garten draußen voll rotflammender Azaleen.

Die Dame des Hauses, noch wie zuvor gekleidet, servierte schwarzen Tee, ihre Wangen hatten Asada das Lächeln von vorhin gestohlen.

»Denk dir, Herr Asada findet, mein Gesicht werde demjenigen von Shinkichi immer ähnlicher.«

»Was redest du da?«

Andōs Gesicht wurde fahler selbst als der Flieder. Die Dame des Hauses war mit der gleichgültigsten Miene wieder hinausgegangen. Von Andōs starr auf ihn gerichtetem Blick verspürte Asada ein Stechen auf seiner Stirn.

Bei seinem nächsten Besuch stand auf dem Tisch in Andōs Arbeitszimmer eine einzelne Rose. Die Blüte war von gelber Farbe. Im Garten die Azaleen waren verwest wie Dämonenblut.

Kaum hatte Andō den Raum verlassen, kam die Dame des Hauses herein.

»Da haben Sie ja, Herr Asada, etwas Schreckliches

gesagt. Seitdem herrscht in unserem Haus eine Ruhe wie vor dem Sturm.«

»Wie vor dem Sturm?«

»Allerdings.«

»Von einem Sturm zu reden ist doch lächerlich.«

»Dafür, daß Sie es für lächerlich halten, sind Sie freilich recht bestürzt.«

»Im Gegenteil. Ich habe das bloß so ins Blaue hinein gesagt, es war erfunden.«

»Sie lügen!«

»Ich lüge, behaupten Sie? ... Damals in der Bahn gaben Sie sich sehr hochmütig, deshalb gedachte ich Ihnen einen Schreck einzujagen ...«

»Jeder Täuschungsversuch ist zwecklos. Mein Mann scheint Ihren Worten zu glauben, also kann ich unmöglich so tun, als glaubte ich Ihnen nicht. Schließlich ist mir ja Shinkichis Gesicht völlig unbekannt. Als Sie voriges Mal hier waren ...«, sagte die Frau, indem sie auf ein Bild mit Klatschmohnblüten wies. »Damals hing dort ein Porträt seines Vaters. Sobald Sie gegangen waren, hat mein Mann das Porträt entfernt. Irgendwann einmal hatte er mir erklärt, sein jüngerer Bruder sähe dem Vater ähnlicher als er selbst. Die Landschaft, die er danach aufhängte, zeigte, müssen Sie wissen, so etwas wie den Garten bei einem Haus, von dem aus das Meer zu sehen war; mitten in den Blumenbeeten jedoch stand eine weiße Bank. Als ich das Bild betrachtete, erinnerte ich mich irgendwie an diesen Garten. Ja, mich überkam das Gefühl, auf dieser Bank hätte ich schon gesessen. Vielleicht ist es, dachte ich, der Garten bei Shinkichis Haus. In meiner Phantasie natürlich. Und ich wollte unbedingt, daß Sie dieses Bild sähen. Sicherlich gibt es in Shinkichis Garten von Rasen umfaßte Beete, auf denen niedrig wachsende rote Blumen, ich weiß nicht welcher Art, in voller Blüte standen, nicht wahr? ... Möglich, daß er diese meine Empfindungen bemerkte, denn jetzt hat mein Mann das Bild mit den Mohnblüten aufgehängt. Und ich fange an mir vorzustellen, höchst eigenwillig: auch bei Shinkichis Haus müßte der Mohn blühen.«

»Ich habe Shinkichi seit vier Jahren nicht mehr gesehen, von seinem Haus ganz zu schweigen. Dergleichen aus meinem Gerede zu entwickeln! Das sind doch bloße Einbildungen, wie sie aus dem Überdruß am Leben erblühen. Versuchen Sie's mit frischeren Empfindungen ...«

»Nein nein. Ein neues Mysterium, das ist es!«

Asada war vom Gymnasium her mit Shinkichi befreundet gewesen. Dann hatte dieser die der Obhut seiner Eltern anvertraute Tochter irgendwelcher Verwandten vom Lande geheiratet und mit ihr das Haus verlassen. Zumindest stand fest, daß das Mädchen niemals die Verlobte des älteren der Andō-Brüder gewesen war. Von allem, was darüber hinausging, hatte Asada keine Ahnung.

Der Herbst hatte aufgeklart, Asadas Mutter war dabei, mit Eifer auch noch den Garten zu säubern. Von den elektrischen Lampen fiel der pudrige Staub alter Mottenflügel. Er selber wollte eben die verblühten Süßkleezweige aus der Tokonoma-Nische beseitigen, als, völlig unerwartet und in Begleitung eines Kindermädchens, jene Dame zu Besuch erschien.

In seinem Zimmer nahm sie dem Mädchen das Baby ab. Es war in weiße Seide gehüllt und schlief.
»Herr Asada, betrachten Sie bitte dieses Kind. Es ist mein Kind. Und seien Sie so gut, mir zu sagen, ob Sie an ihm eine Ähnlichkeit mit Shinkichi erkennen oder nicht.«
»Wie das?«
Erschrocken sah er der Dame ins Gesicht. Die Wangen zwar waren ein wenig eingefallen, doch um so lebhafter leuchtete ihr Teint; um die Augen die Haut wirkte ziemlich angegriffen. Sie blickte unverwandt auf das Kind in ihrem Schoß.
»Nicht mich sollen Sie ansehen, betrachten Sie bitte das Kind!«
»Wissen Sie, ich habe Shinkichi so lange nicht getroffen ...«
»Wieder diese Täuschungsversuche ...«
»Ach, Unsinn!«
»Der Sturm ist nämlich losgebrochen! Man hat mich zusammen mit dem neugeborenen Baby aus dem Haus gejagt. Andō glaubt, ich sei heimlich mit Shinkichi zusammengewesen, ich hätte also Shinkichis Kind zur Welt gebracht. Wo ich doch Shinkichi nie gesehen habe! Andererseits habe auch ich das Gefühl, es könnte tatsächlich so sein, wie er sagt. Nicht wahr, irgendwie ähnelt dieses Kind Shinkichi. Vielleicht liebe ich Shinkichi eben doch, oder?«
»In keiner Weise ähnelt es ihm. Obzwar, wenn Sie mit Shinkichi zusammengelebt hätten, eine Ähnlichkeit durchaus denkbar wäre.«
»Genug der bequemen Lügen!« Womit sie, indem sie

die Augen aufschlug, auf Asada zuging. Davon erwachte das Baby und fing heftig zu schreien an.
»Ah, schon gut, schon gut«, wiegte sie tröstend das Kind, und dabei brach sie unversehens in Tränen aus. »Mutter wird nach deinem wirklichen Vater forschen. Wir werden uns zusammen auf die Suche nach deinem Vater machen ... Herr Asada, ich würde mich freuen, wenn Sie mir dabei behilflich wären; führen Sie mich bitte zu Shinkichi, führen Sie mich jetzt gleich zu ihm.«
Der Blick, mit dem sie ihn ansah, erinnerte ihn an den Shinkichi, wie er einst gewesen war. Zum ersten Mal begriff er: Sowohl das Kind als auch die Dame, beide ähnelten sie jenem Shinkichi von damals.

Der Blinde und das Mädchen

O-Kayo begriff nicht, warum ein Mann, der von der Vorstadthaltestelle aus allein mit der Staatsbahn nach Hause fahren konnte, den Weg bis zu der Station an der Hand geführt werden mußte. Sie begriff es nicht, und dennoch war dies irgendwann zu ihrer Pflicht geworden. Als Tamura das erste Mal bei ihnen gewesen war, hatte Mutter zu ihr gesagt: »Höre, O-Kayo, du wirst ihn zum Bahnhof bringen.«

Nachdem sie das Haus schon eine Weile verlassen hatten, suchte Tamura, indem er den langen Stab in seine Linke wechselte, O-Kayos Hand zu ergreifen. Als sie sah, wie seine Hand vergebens auf ihre Hüfte zuschwamm, wurde O-Kayo puterrot im Gesicht, und es blieb ihr nichts anderes übrig, als ihrerseits die Hand zu ihm hinüberzustrecken.

»Danke ... Du bist noch jung, nicht wahr?« Das waren seine Worte gewesen.

Ich werde ihm in den Zug helfen müssen, dachte sie; aber Tamura nahm nur die Fahrkarte von O-Kayos Handteller – das Wechselgeld ließ er liegen – und ging allein eilends durch die Sperre. Hierauf und während sie ihm nachsah, wie er sich dem am Bahnsteig haltenden Zug näherte, lief er, die tastende Hand etwa in Höhe der Fenster, an den Waggons entlang, fand eine Tür und stieg ein. Das alles mit geübtem Geschick.

O-Kayo, die ihn beobachtet hatte, war erleichtert, und als der Zug anfuhr, konnte sie ein Lächeln nicht unterdrücken. Seine Fingerspitzen schienen ihr wunderbarerweise wie Augen zu funktionieren.

Ein andermal geschah folgendes ...

Da saß die ältere Schwester O-Toyo am Fenster, durch das die Abendsonne hereinfiel, und erneuerte ihr Make-up.

»Wissen Sie, was sich in meinem Spiegel widerspiegelt?«

Die Boshaftigkeit, mit der die Schwester Tamura das fragte, hatte zweifellos selbst O-Kayo sogleich begriffen. Natürlich mußte sich O-Toyo darin spiegeln, wie sie sich schminkte.

In Wahrheit aber handelte es sich bei O-Toyos Boshaftigkeit um ein Gefühl, das aus ihrer Verliebtheit ins eigene Spiegelbild herrührte.

»Denk dir, eine so schöne Frau und sie umschmeichelt dich«, lag unausgesprochen in der Stimme, mit der sie den Mann einzufangen versuchte.

Tamura, ohne ein Wort, kam näher gerutscht, er begann mit den Fingerspitzen das Spiegelglas zu streicheln. Dann drehte er plötzlich das Spiegelkommödchen herum.

»Nein, was tun Sie denn da?«

»Der Wald spiegelt sich darin.«

»Der Wald?«

Wie davon angelockt, glitt O-Toyo auf den Knien herüber vor das Kommödchen.

»Auf dem Wald liegt, meine ich, die Abendsonne.«

Mißtrauisch beobachtete O-Toyo den noch immer mit der Hand über den Spiegel fahrenden Tamura,

schließlich drehte sie mit einem schnippischen Lachen das Kommödchen wieder in die frühere Stellung und arbeitete emsig weiter an ihrem Make-up.
O-Kayo, die das miterlebt hatte, war beunruhigt. Der Wald im Spiegel hatte sie erschreckt. Wie es Tamura beschrieben hatte: auf dem hohen Wald lag wie ein Dunst das purpurne Abendrot. Die breiten, herbstlich dürren Blätter an den Bäumen, von hinten her angeleuchtet, wirkten wie warm durchdrungen. Es war so ganz der sanfte Abend eines schönen Spätsommertages. Der Wald im Spiegel jedoch hatte einen völlig anderen Eindruck gemacht als draußen das Original. Offenbar, weil der wie dünne Seide geschmeidige Dunst des Lichts nicht mitgespiegelt wurde, war da eine tiefe und klare Kälte gewesen. Ähnlich der über einem See. O-Kayo, daran gewöhnt, den wirklichen Wald Tag für Tag vor den Fenstern des Hauses zu sehen, hatte ihn gleichwohl noch nie bewußt betrachtet. Ihr war, als sähe sie ihn jetzt, da der Blinde von ihm gesprochen hatte, zum ersten Mal. Sollte Tamura den Wald wirklich wahrgenommen haben? Gern hätte sie ihn gefragt, ob er denn den Unterschied zwischen dem realen Wald und dem Wald im Spiegel begriffe. Seine über das Spiegelglas streichende Hand fing an, ihr unheimlich zu werden.
Daher kam es, daß sie, wenn Tamura auf dem Weg zur Haltestelle ihre Hand ergriff, von einer plötzlichen Furcht befallen wurde. Doch da es schließlich zu ihrer Pflicht geworden war, ihn nach jedem Besuch bei ihnen zu begleiten, verlor sich darüber auch dies Gefühl allmählich.
»Jetzt sind wir wohl vorm Obstgeschäft.«

»Und jetzt vor dem Bestattungsinstitut, nicht wahr?«
»Kommt denn der Stoffhändler noch nicht?«
Wenn sie, was oft genug geschah, diese selbe Strecke begingen, pflegte Tamura immer wieder dergleichen Bemerkungen zu machen, weder nur im Scherz noch im strengen Ernst. Die etwa siebenhundert Meter lange Straße bis hin zur Station erinnerte er sich an die Reihenfolge der nebeneinanderliegenden Geschäfte genau so, wie O-Kayo sie ihm erklärt hatte; auf der rechten Seite der Tabakladen, die Rikschastation, der Schuhhändler, der Weidenkorbmacher, das Shiruko-Suppenlokal, links das Sakegeschäft, der Sockenladen, die Nudelbude, das Sushi-Restaurant, der Haushaltswarenhändler, die Kosmetikerin, der Zahnarzt. Allmählich machten sie sich ein Spiel daraus, daß er im Dahinschreiten die Läden zu beiden Seiten erriet. Und sooft ein neuer dazukam – beispielsweise der Möbelschreiner oder das westliche Speiselokal –, gab ihm O-Kayo davon eine Beschreibung. Zwar schien ihr, Tamura hatte sich solch rührendes Spiel eigens ausgedacht, um das ihn, den Blinden, an der Hand führende Mädchen abzulenken, und wirklich war es ja allzu wunderbar, daß er die Häuser an der Straße auseinanderhielt wie ein Sehender, dennoch hatte sich das Ganze in eine feste Gewohnheit verwandelt.
Einmal jedoch, es war, als ihre Mutter krank lag, fragte er: »Sind beim Bestatter heute nicht künstliche Blumen ausgestellt?« Woraufhin O-Kayo Tamura auf eine Weise ins Gesicht starrte, als hätte er sie mit kaltem Wasser übergossen.
Und unbekümmert fuhr er fort: »Hat deine ältere Schwester tatsächlich so hübsche Augen?«

»Ja, sie hat schöne Augen.«
»Die schönsten, meinst du?«
O-Kayo schwieg.
»Schönere als Kayo-chan, oder wie?«
»Woher willst du das wissen?«
»Woher? – Sie war die Frau eines Blinden, nicht wahr? Und immer, seit ihr Mann tot ist, hat sie es mit Blinden zu tun gehabt. Eure Mutter ist schließlich auch blind. Und ebendeshalb hat sich bei ihr der Eindruck festgesetzt, ganz natürlich also, daß ihre eigenen Augen schöner sind als die aller anderen.«
Ohne daß sie wußte warum, senkten sich diese Worte tief in O-Kayos Herz ein.
»Der Fluch der Blindheit währt nun mal drei Generationen.«
Wie oft hatte die Schwester O-Toyo das vor sich hin gemurmelt, so laut, daß es die anderen hören mußten, und hatte geseufzt dabei. Sie fürchtete, daß ihr ein Blinder ein Kind machen könnte. Und brächte sie dann auch kein blindes Kind zur Welt, würde dieses Kind doch immer, so fühlte sie, die Frau eines Blinden werden. Für sie stand fest: Daß sie selber die Frau eines Blinden geworden war, hatte seinen Grund darin gehabt, daß ihre Mutter blind war. Die blinde Mutter hatte keinen anderen Umgang als mit blinden Masseuren, weshalb sie von Anfang an Angst gehabt hatte, sie könnte einen sehenden Mann zum Schwiegersohn bekommen. Beweis dafür: Seit dem Tod des Tochtermanns hatten allerlei Männer im Haus übernachtet, aber das waren ohne Ausnahme Blinde gewesen. Ein Blinder hatte es dem anderen Blinden weitergesagt. Die Familie war fest davon überzeugt,

daß die Frauen, wenn sie sich Männern hingäben, die keine Blinden wären, sogleich von der Polizei festgenommen würden. Anscheinend brauchte man das Geld, das man den Blinden abnahm, unbedingt, um die blinde Mutter zu ernähren.
Einmal nun hatte einer dieser Männer, ein Masseur, Tamura mitgebracht. Tamura gehörte nicht zu der Clique der Masseure, vielmehr war er ein reicher junger Mann, der der Blinden- und Taubstummenschule mehrere tausend Yen gestiftet hatte. Hinfort machte O-Toyo ihn zu ihrem einzigen Kunden. Sie behandelte ihn sichtlich wie einen Idioten. Er seinerseits, wohl aus einem Gefühl der Einsamkeit, unterhielt sich zumeist mit der blinden Mutter. Dabei betrachtete O-Kayo stumm und eindringlich seine Gestalt.
Die Mutter starb an ihrer Krankheit.
»So, Kayoko, damit wären wir aus dem Blindenproblem heraus, wie neugeboren«, sagte O-Toyo.
Nicht lange, und der Koch aus einem nahen Restaurant westlichen Stils kam ins Haus. Die grobe Art dieses Sehenden entsetzte O-Kayo, sie verkroch sich vor ihm. Dann war es soweit, daß sich O-Toyo von Tamura trennte. Ein letztes Mal begleitete O-Kayo ihn zur Bahnstation. Als der Zug abfuhr, war ihr so traurig zumute, als wäre ihr Leben damit zu Ende. Sie nahm den nächsten Zug und fuhr ihm nach. Sie hatte keine Ahnung, wo er wohnte, doch meinte sie, den Weg zu wissen, den der Mann, den sie so lange an der Hand geführt hatte, gehen würde.

Wartesaal Dritter Klasse

Ihn dazu zu bewegen, sich mit ihr im Bahnhof Tōkyō im Wartesaal Dritter Klasse zu treffen, hatte es keine umständliche Erklärung gebraucht. Mit einem Wort, sie hatte einfach bestimmt, daß es dieser Ort sein sollte. Nun gut, das war ihre Sache; dennoch hatte er ihr entgegengehalten, sie sei doch schließlich eine Frau, die mit den Leuten aus der Dritten Wagenklasse nichts zu tun habe.

»Die Wartesäle der Ersten oder Zweiten Klasse, das sind die für die Damen. In dem der Dritten gibt es nur ein ärgerliches Aufsehen.«

»Durch mich? – Ich bin keine Frau, die Aufsehen erregt.«

Das hatte vollauf genügt, ihn von ihrer Ehrbarkeit zu überzeugen.

Aber mochte er es ihr auch versprochen haben – als er sich zum Bahnhof Tōkyō begab, brachte dieser Mann es nicht über sich, sogleich den Wartesaal Dritter Klasse zu betreten. Er vergewisserte sich, daß es noch fünfzehn Minuten bis fünf Uhr war, und ging wie automatisch in den Wartesaal Erster und Zweiter Klasse. Dort befand sich in einer Mauernische eine kleine Leinwand; auf ihr flimmerte ein Kinematographenfilm mit Landschaftsszenen von Matsushima. Der Mann erinnerte sich eines alten Freundes in Ōsaka und schrieb diesem einen Brief. Dann lenkte er, am Bahnhofspostkasten vorbei, in den er den Brief einwarf, seine Schritte schließlich dem Wartesaal Dritter Klasse zu. Hier gab es an der Wand keine Filmvorführung. Die Fahrgäste der Dritten Klasse sahen nicht aus, als ob sie etwa nach Matsushima reisten. Eine Gruppe von Schülerinnen aus der Provinz, offensichtlich auf der Rückfahrt von einer Studienreise, schwatzte, daß es durch den ganzen Saal schallte. Wie um sich zu verstecken, setzte sich der Mann hinter die Schülerinnen. Vor ihm auf einer Sitzbank lag ein Schilfgrashut.

Auf frommer Pilgerfahrt zu den 88 Heiligen Plätzen auf der Insel Shikoku: Im Anfang war nicht Ost noch West.
Aus der Präfektur Chiba, Kreis Imba, Dorf Shirai: Wo wären Süd und Nord?
Großer Meister, lichtgleißend Erhabener: Irrende sind wir in den Weiten der Drei Welten.

Geschrieben von Tomizuka
für Kawamura Sakuji
und seine Gefährten.

Erleuchtung allen Richtungen der Windrose.

Die auf dem Schilfgrashut in sieben senkrechten Zeilen angeordneten Schriftzeichen rochen noch nach Tusche. Der Pilger trug unter dem schwarzgefärbten Obergewand weißes Baumwollzeug, und während er auf die farbige »Pilgerschaftskarte von Shikoku« blickte, die der ihn zum Abschied begleitende Priester auf seinen Knien aufgeschlagen hatte, nickte er zu jedem Wort des Priesters. Nur die schwarze Brille, die

dem Alten noch die Augenbrauen verdeckte, wollte nicht recht zu ihm passen.
Der Mann versuchte sich die Shikoku-Reise auszumalen, auf der sich der neue Schilfgrashut des Alten allmählich abnutzen würde. »Irrende sind wir in den Weiten der Drei Welten« und »Erleuchtung allen Richtungen der Windrose« stand auf dem Hut geschrieben, doch damit hatte das wohl kaum zu tun. Der Alte war zweifellos glücklich, da er nun zu der lange Jahre herbeigesehnten Pilgerfahrt aufbrach. Wie weit indessen mochte dieses Glück entfernt sein von demjenigen, das er, der Beobachter, empfand. Andererseits, wenn er gründlicher überlegte: Seine eigenen Großeltern hatten schließlich auch die Shikoku-Pilgerschaft auf sich genommen. Wirklich meinte er in diesem Augenblick in der Erinnerung an das Dorf seiner Kindheit ihre Pilgerglöckchen klingeln zu hören.
Vielleicht lag es an der Nervosität, mit der er auf die Frau wartete, daß er unfähig war, die Sache zu durchdenken.
... Sollten ihr Verabredungen so geläufig sein, daß sie aus Erfahrung wußte, eine Begegnung im Wartesaal Dritter Klasse würde weit weniger auffallen als in dem der Ersten und Zweiten Klasse?
... Oder pflegte sie etwa die Männer in solche einzuteilen, mit denen sie sich im Wartesaal Erster und Zweiter, und in andere, mit denen sie sich im Wartesaal Dritter Klasse traf?
Dergleichen dummes Zeug war es, was ihm durch den Kopf schoß. Möglicherweise traf sie sich ja jetzt eben mit einem der Männer jener anderen Art, dachte er

bei sich und ging, um noch einmal im Wartesaal Erster und Zweiter Klasse nachzuschauen. Als er wie benommen zurückkehrte, kam ihm eine Menschenmenge entgegen, die ihn fast umgestoßen hätte.
Das geschah, weil der alte Pilger und der Priester von Kriminalbeamten abgeführt wurden.

»Sie halten mich für eine Frau, die die Zweite Wagenklasse benutzt. Doch müssen Sie sich das nicht als Ihren Fehler anrechnen, vielmehr leide ich schon die ganze Zeit darunter, daß ich wie eine solche aussehe. Gestern nun schlug ich Ihnen unwillkürlich den Wartesaal Dritter Klasse vor, womit ich gleichsam mein wahres Ich zu erkennen gab. Zu Hause habe ich dann darüber nachgedacht. Herren, die der Meinung sind, ich benutzte die Zweite Wagenklasse, mag ich nicht mehr.«

Diesen ihren Brief fand er vor, als er, erschöpft vom langen Warten im Bahnhof Tōkyō, in seine Wohnung zurückkehrte.
Sie tat, als habe sie für sich selbst nur Verachtung übrig, in Wahrheit freilich schien sie ihn verspotten zu wollen. Er jedenfalls würde so bald nichts mehr mit dem Wartesaal Dritter Klasse zu tun haben. Weshalb er von diesem Saal, anknüpfend an Gestalten wie jenen Pilger und den Priester, so etwas wie einen romantischen Eindruck behalten mußte.
Daß aber jener Pilger ein verkleideter Verbrecher gewesen sein sollte, konnte er einfach nicht glauben. Wie er auch nicht glauben konnte, daß die Frau Dritter Klasse fuhr …

Unvergänglich

Der Alte und das junge Mädchen gingen spazieren. An den beiden war allerlei Seltsames. Als hätten sie nicht gespürt, daß zwischen ihnen ein Unterschied von vielleicht sechzig Jahren bestand, hielten sie sich wie Liebende eng aneinander. Der Alte war schwerhörig. Von dem, was das Mädchen sagte, bekam er kaum etwas mit. Das Mädchen trug einen Kimono mit einem kleinteiligen violett und weißen Pfeilfedermuster, dazu Hakama-Hosen von einem ins Scharlachrot spielenden Violett. Die Ärmel waren ein wenig länger als gewöhnlich. Der Alte war gekleidet wie die Unkrautjäterinnen in den Reisfeldern. Doch hatte er weder Handschützer noch Gamaschen angelegt. In dem engärmeligen Baumwollkittel und den unten zusammengefaßten Mompe-Hosen sah er tatsächlich aus wie eine Frau. Um seine ausgemergelten Hüften hing das Zeug in schlaffen Falten.

Als sie über die Wiese gingen, erhob sich vor ihnen ein hohes Netz aus Draht. Obwohl sie, wenn sie auf die andere Seite wollten, daran anstoßen mußten, schienen die Liebenden keine Notiz davon zu nehmen. Ohne stehenzubleiben, glitten sie unversehens durch das Netz. Gleich einer leichten Brise ...

Sie waren schon hindurch, da meinte das Mädchen, wie erst jetzt das Stahlgeflecht bemerkend: »Nanu?«

Und sah dabei den Alten mißtrauisch an. »Du bist doch nicht etwa auch durch das Netz gegangen, Shintarō, oder?«
Der Alte hörte sie nicht.
Dafür griff er in die Drahtmaschen, rüttelte an dem Netz und rief: »Dieses Ding! Dieses idiotische Ding!« Weil er aber mit seinen Armen allzu heftig dagegendrückte, schlug das Stahlgeflecht nach der anderen Seite aus, der Alte taumelte und fiel, die Hände noch an den Maschen, nach vorn auf sein Gesicht.
»Das sieht ja gefährlich aus, Shintarō, hast du dir was getan?« Das Mädchen legte die Arme um seine Brust und half ihm auf. »Komm, laß das Stahlnetz los ... Wie leicht du geworden bist!«
Endlich stand der Alte wieder auf den Beinen. Er keuchte, daß sich seine Schultern heftig auf und nieder bewegten. »Dank dir schön.« Mit diesen Worten griff er abermals in die Maschen. Aber jetzt nur leicht und mit einer Hand ... Und dann, wie es die Art der Schwerhörigen ist, mit lauter Stimme: »Tag für Tag muß ich hinter diesem Netz die Bälle aufheben. Siebzehn lange Jahre schon.«
»Siebzehn Jahre? Das ist doch, finde ich, nicht lang.«
»Schlag auf Schlag kommen die Bälle geflogen, bald hierhin, bald dahin. Wenn sie auf das Netz treffen, gibt das ein dröhnendes Geräusch. Bis ich mich daran gewöhnt hatte, zog ich jedesmal erschreckt den Kopf ein. Von diesem Dröhnen bin ich schwerhörig geworden. So ein idiotisches Ding!«
Auf dem Golfübungsplatz gab es ein solches Stahlnetz, um die Ballkeeper zu schützen; weshalb unten Räder daran befestigt waren, so daß man es vor oder

zurück, nach links oder nach rechts verschieben konnte. Der Golfcourse und der Übungsplatz daneben waren durch Bäume voneinander getrennt. Ursprünglich ein breiter Streifen Mischwald, den man bis auf eine unregelmäßige Baumreihe abgeholzt hatte.

Die beiden ließen das Stahlnetz hinter sich und spazierten weiter.

»Wie schön das ist, wieder das Meer zu hören!« Und weil sie wollte, daß er sie verstünde, sagte das Mädchen es dicht am Ohr des Alten. »Ich höre wieder das Rauschen des Meeres, danach habe ich mich so gesehnt!«

»Was ist ...?« Der Alte schloß die Augen. »Ah, Misako, du hast noch immer den süß duftenden Atem. Wie damals.«

»Hörst du's nicht – das Rauschen des geliebten Meeres?«

»Das Meer? Du meinst: das Meer ...? Das geliebte ...? Wieso sehnst du dich danach, wo du dich doch ins Meer gestürzt hast?«

»Weil ich mich nun einmal danach sehne. Nach fünfundfünfzig Jahren bin ich in die Heimat zurückgekehrt, und du bist auch wieder da. Also muß es mich ja danach verlangen.« Der Alte konnte sie schon nicht mehr hören. »Daß ich mich ins Meer gestürzt habe, war gut und richtig. Seither bin ich imstande, stets so an Shintarō zu denken wie damals, als ich ertrank ... Mein Gedächtnis, meine Erinnerungen reichen gleichfalls nur bis zu meinem achtzehnten Jahr. Daher bist du auf immer jung, Shintarō, jedenfalls für mich ... Und umgekehrt wirst du genauso denken.

Hätte ich mich mit achtzehn nicht ins Wasser gestürzt, ich wäre, als wir uns jetzt in der Heimat wiedertrafen, eine alte Frau gewesen. Die hättest du abscheulich gefunden. Hättest sie nicht ansehen mögen.«

Darauf der Alte, im Selbstgespräch wie ein Tauber: »Ich ging nach Tōkyō, es war ein Fehlschlag, und alt und hinfällig schon kam ich zurück. Auf dem Golfplatz über dem Meer, wo das Mädchen damals aus Kummer darüber, daß man sie gezwungen hatte, sich von mir zu trennen, ins Wasser gesprungen war, bettelte ich um einen Job. Unter Tränen: Gebt eurem Herzen einen Stoß ...!«

»Die Gegend, durch die wir beide jetzt spazieren, war einmal der Wald deiner Familie, stimmt's?«

»Ich bin zu nichts mehr fähig, als auf dem Übungsplatz die Bälle aufzusammeln. Und das mit einer Hüfte, die mich beim Bücken schmerzt ... Da war ein Mädchen gewesen, das hatte sich meinetwegen ins Meer gestürzt. Und so denke ich: Du hast diese Steilklippe ganz in der Nähe; du wirst sie, altersschwacher Greis, hinunterspringen.«

»Nicht doch! Du mußt am Leben bleiben ... Wenn Shintarō sterben sollte, gäbe es in dieser Welt keinen Menschen mehr, der sich an mich, Misako, erinnert wie er. Und auch ich, ich wäre dann wahrhaftig tot, verstehst du?« beschwor sie ihn, indem sie sich an ihn warf; doch der Alte hörte nicht.

Statt dessen umarmte er das Mädchen, das sich an ihn klammerte. »Ja, laß uns gemeinsam sterben. Diesmal ... Du bist gekommen, mich zu holen, ich weiß.«

»Gemeinsam sterben ...? Aber du lebst, Shintarō, du mußt leben, für mich ...« Und während sie über die Schulter des Alten hinweg die Augen erhob, rief sie plötzlich: »Was denn?! Es gibt sie ja noch, die großen Bäume. Alle drei. Wie damals! Ist das eine Freude!«

Sie wies mit dem Finger darauf, so daß nun auch der Alte zu den drei mächtigen Bäumen hinübersah. »Die Golfer haben Angst vor diesen Bäumen. Sie sagen, man solle sie fällen. Die daran vorbeigeschlagenen Bälle, sagen sie, würden, von der Zauberkraft der Bäume gleichsam angezogen, nach rechts abgelenkt.«

»Ah, Golfspieler wie sie sterben, glaub mir, schon bald. Und gewiß vor jenen Bäumen, die Jahrhunderte schon überdauerten. Sie reden das so daher, ohne daß sie die Lebensspanne des Menschen begriffen hätten.«

»Du sagst: Jahrhunderte schon ... Bäume, die von Generationen meiner Vorfahren geachtet wurden. Deshalb habe ich das Land unter der Bedingung verkauft, daß die drei Stämme nicht gefällt werden.«

»Laß uns gehen.« Von dem Mädchen eilends bei der Hand gefaßt, wankte der Alte mit ihr auf die mächtigen Stämme zu.

Sanft glitt das Mädchen durch einen der Stämme. Auch der Alte glitt hindurch.

»Ja, aber ...« Das Mädchen starrte den Alten verwundert an. »Bist du denn gleichfalls tot, Shintarō? Bist du gestorben? Und wann?«

Der Alte antwortete nicht.

»Du bist tot, oder? Bist wirklich gestorben ...? Seltsam, daß ich dir in der Welt der Toten nie begegnet bin. Nun gut, so versuche noch einmal in den Stamm zu gehen, damit deutlich wird, ob du tot bist oder

lebst. Wenn du tot bist, Shintarō, könnten wir schließlich gemeinsam in dem Baum verschwinden.«
Da haben sie sich in einen der mächtigen Baumstämme hinein aufgelöst und sind nie wieder hervorgekommen, weder der Alte noch das Mädchen.
Hinter den drei großen Bäumen senkte sich allmählich das Abendlicht auf die vielen kleinen Bäumchen, am Himmel jenseits des rauschenden Meeres zog eine unbestimmte zarte Röte auf.

Bahnhof im Herbstregen

Ehefrauen, Ehefrauen, Eheehefrauen – wie viele von euch, die man Ehefrauen heißt, gibt es doch auf dieser Welt! Ich weiß, ich weiß: Es ist nichts Seltsames daran, daß jedes Mädchen zur Ehefrau wird, aber habt ihr je eine gewaltige Schar von Ehefrauen gesehen? – Ein Anblick, so schmerzlich und bestürzend wie der Anblick einer Schar von Gefangenen.

Eine Schar von Studentinnen oder Fabrikarbeiterinnen kann dem Betrachter unmöglich eine Vorstellung von einer Schar Ehefrauen vermitteln. Studentinnen und Arbeiterinnen sind durch irgend etwas miteinander verbunden. Sie wurden aus ihren Familien befreit, und das Ergebnis ihrer Befreiung ist dieses Etwas. Eine Schar von Ehefrauen jedoch besteht aus lauter einzelnen, die aus ihren Wohnungen getreten sind wie aus den Isolierstationen dieser Welt. Zwar wird man sagen können, daß auch sie sich auf Wohltätigkeitsbasaren und gemeinsamen Ausflügen mit ehemaligen Mitschülerinnen zeitweilig wie Studentinnen verhalten, aber da sie sich in unserer Geschichte aus Liebe zu ihren Ehemännern versammeln, bleibt letzten Endes jede für sich. – Allerdings handelt diese Geschichte nicht von öffentlichen Märkten.

Nehmen wir zum Beispiel eine Vorortshaltestelle der

Staatsbahn – sagen wir: den Bahnhof Ōmori. Nehmen wir einen Herbsttag, der mit klarem Himmel begann, dem dann am Nachmittag Regen folgte. Er, der Romanschriftsteller, war mit einer Frau verheiratet, die unglücklicherweise keine Patientin auf der Isolierstation war, sondern Eintänzerin im Shigeno-Tanzpalast; und so geschah es, daß ihm an der Sperre des Bahnhofs Ōmori von der Frau des Nachbarn ein Schirm vor die Brust gehalten wurde, und das mit den Worten: »Willkommen zu Hause! Ich habe Ihnen einen Schirm mitgebracht!« Nein, was ihm da entgegengehalten wurde, war nicht nur ein Schirm, es war all das, was eine Ehefrau ausmacht. Die Frau des Nachbarn lächelte, während sie blutrot wurde, bis zum Hals hinunter. Was nicht anders zu erwarten war, denn schließlich umlagerte eine gewaltige Schar von Ehefrauen, jede mit zwei Schirmen in der Hand, den Ausgang des Bahnhofs, und alle starrten auf die Bahnsteigsperre.

»Oh, vielen Dank auch –! Hier geht es ja zu wie bei einem Aufmarsch von Ehefrauen am 1. Mai!« sagte er und flüchtete, noch verwirrter als sie, die Steintreppe hinab, vergleichbar einem in Panik geratenen Redner.

Nachdem er den Belagerungsring der Ehefrauen durchbrochen hatte, öffnete er aufatmend den Schirm: es war ein hellblauer Damenschirm, bedruckt mit Schwertlilien. Hatte ihm die Frau des Nachbarn vor lauter Herzklopfen den falschen überreicht, oder hatte sie ihm ihren eigenen gegeben? Jedenfalls begann nun diese sanfte Frau, die im Herbstregen am Bahnhof stand, um ihren Mann abzuholen, wie Wasser in sein Herz einzusickern. – Wenn sie auf Zehenspitzen am Brunnen stand und Wasser pumpte und sich ihr Kimono dabei ein wenig öffnete, hatte er von seinem Arbeitszimmer im Obergeschoß aus gelegentlich ihr Bein erspäht, bis über den Knöchel hinauf. Und waren sich dann ihre Blicke begegnet, hatte er bei ihrem Lächeln an den Herbstwind denken müssen, der über bunt verfärbte Früchte weht. Mehr war sie für ihn nicht gewesen; jetzt jedoch, da er ihren blumenverzierten Schirm öffnete, befiel ihn beim Gedanken an seine Frau, die im Tanzpalast in den Armen von Männern lag und wie von Sinnen über das Parkett wirbelte, ein altmodisches Gefühl von Einsamkeit.

Zudem drängten nun aus den drei zum Bahnhof führenden Hauptstraßen Armeen von Ehefrauen zum Angriff heran, die Schirme schwingend zum Zeichen ihrer hausfraulichen, allzu hausfraulichen Liebe. Ihre eiligen Schritte indessen, ihre steife, ernste Schlaffheit, die Tageslicht nicht gewöhnt war, ihre demütige Haltung – sie erinnerten an einen erschreckenden Angriff von Sträflingen.

»Ohne mich selbst loben zu wollen – mit ›Aufmarsch der Ehefrauen am 1. Mai‹ ist mir eine treffliche Formulierung gelungen«, dachte er, und während er sich in Gegenrichtung einen Weg durch die endlosen Kolonnen marschierender Frauen bahnte, die zusätzlich mit einem Schirm für ihren Ehemann ausgestattet waren: »Scharen von Ehefrauen, die stehenden Fußes ungeschminkt ihre Küchen verlassen haben – ein exaktes Abbild ihrer ungeschminkten Haushalte. Ich bin hier auf der ›Ausstellung der Angestelltenhaushalte‹!«

Plötzlich lachte er los – ein Lachen, das wie der herbstliche Regenhimmel war, aber die Ehefrauen am verregneten Bahnhof lachten nicht. Einige von ihnen mochten gar, da sie vergeblich warteten, den Tränen nahe sein. – Tatsächlich wanderte dann auch der zweite Schirm der Frau des Nachbarn nicht in die Hände ihres Mannes – ebensowenig wie der erste.

Bahnhöfe im Herbstregen machen einem zwar schonungslos klar, daß Vorstädte (sagen wir: Ōmori und der umliegende Bezirk) Schlupfwinkel für junge Ehepaare sind – er, der Ehemann, ein Firmenangestellter, der nicht Auto fährt, und sie, eine mit einem billigen Kimono bekleidete Ehefrau, die kein Dienstmädchen hat –; dennoch sind Ehefrauen, die sich ein kleines Kind auf den Rücken gebunden haben, in der Hand einen mit Ölpapier bespannten Schirm, oder alte Frauen, die den europäischen Schirm ihres Mannes als Gehstock benutzen, auch hier keineswegs ein seltener Anblick, genausowenig wie frisch verheiratete Frauen, die Wintermäntel aus weinrotem Wollstoff tragen, nicht aber dem Herbst entsprechende Regenumhänge. Sobald die hier versammelten Eheehefrauen unter den Männern, die jetzt nach Arbeitsschluß durch die Sperre gehen, den ihren erblicken, kehren sie Schirm an Schirm oder gemeinsam unter einem Schirm mit ihm nach Hause zurück, erfüllt von einer Art Erleichterung und einer tiefen hochzeitlichen Freude, die diesem Moment vorbehalten ist. Und dennoch, der Anblick dieser Frauen, die sich eine nach der anderen in den Bahnhof drängen, erinnert an einen Frauen-Markt, auf dem jede einzelne auf einen Mann wartet – es erinnert in jeder Hinsicht

an einen Markt der Frauen dieser Welt, alle auf der Suche nach einem Mann fürs Leben – das Modell eines Heiratsmarktes ohne Schminke und amouröse Affären.
Eine Ausnahme gab es allerdings: die Frau des Nachbarn, die hoffte, sie möge sich als einzige Ware auf diesem Markt als unverkäuflich erweisen. Furcht und Unruhe hatten sie bei der Vorstellung befallen, ihr armseliger Ehemann könnte aus der Sperre treten. Denn kaum hatte sie dem Schriftsteller den Schirm überreicht, kam doch tatsächlich ihre Rivalin die Steintreppe herauf und meinte im Näherkommen:
»Du gute Güte! Was haben wir uns lange nicht mehr gesehen! Wohnst du jetzt auch in Ōmori?«
»Du hier?!« entgegnete die Frau des Nachbarn, und die beiden ehemaligen Studienkolleginnen lächelten sich an, als hätten sie sich soeben erst erkannt.
»War das vorhin nicht der Schriftsteller Nenami?«
»Das war er.«
»Du gute Güte! Also doch! Wirklich beneidenswert! Und wann hast du ihn geheiratet?«
»Wie bitte? Wann ich ...?«
»Was bist du doch unleidlich! Wie kann man bloß die eigene Hochzeit vergessen? Oder willst du sagen, du hättest all die Tage seither im Glück der frisch Verheirateten gelebt?«
»Im Juli des vorigen Jahres!« sagte brüsk die Frau des Nachbarn.
Nun war es aber nicht so gewesen, daß sie den Schirm für den Schriftsteller mitgebracht hatte. Erst als sie im Bahnhof ihre alte Rivalin in Liebesdingen erblickt hatte – und nach einem heftigen Kampf mit sich

selbst –, hatte sie urplötzlich den Schirm dem Mann überreicht, dem alle Welt Beachtung schenkte.

»Dann bist du ja schon länger als ein Jahr verheiratet! Und wirst rot wie eine Frischvermählte, die gestern geheiratet hat!«

»Mich stört das nicht!«

»Und mich erst recht nicht! Du mußt mich demnächst unbedingt einmal zu dir nach Hause einladen! Ich bin eine begeisterte Leserin von Herrn Nenami! Ich weiß zwar seit langem aus den Klatschspalten der Zeitungen, daß er ein bildschöner Mann ist, aber in Wirklichkeit ist er ja noch schöner! Wirklich beneidenswert! Ehrlich gesagt, hatte ich dich vorhin schon gesehen! Aber nach dem, was damals passierte, haben wir uns ja nie wieder getroffen. Und so war ich mir unschlüssig, ob ich dich ansprechen sollte oder nicht. Als ich aber merkte, daß du die Frau von Herrn Nenami bist, fühlte ich mich wirklich erleichtert! Denn wer nach Lage der Dinge letzten Endes das große Los gezogen hat, das bist du! Und das verdankst du mir, da ich das Los schon vorher gezogen hatte, nur war es eine Niete! Statt mir wegen früher zu grollen, solltest du dich bei mir bedanken! Du solltest diese Geschichte vergessen – aber was rede ich da, als ob es darum ginge! –: Für dich ist das alles doch nur ein Traum, den du in deinem jetzigen Glück längst vergessen hast! – Als ich mir vorstellte, daß wir beide uns wieder, wie früher, als Freundinnen unbeschwert bei der Hand fassen können, wurde mir selbst so leicht ums Herz, daß ich dich beglückwünschen wollte, und aus lauter Freude habe ich dich angesprochen!«

Lüg du nur! Ich habe gewonnen! dachte die Frau des Nachbarn, trunken und betäubt vor Glück.
»Wartest du noch auf jemanden?«
»Ja, auf eine Schülerin meines Mannes. Ich habe sie zu Matsuya zum Einkaufen geschickt.« Diesmal klang ihre Stimme hell und klar.

Um abermals eine vom Romanschriftsteller Nenami geschätzte Formulierung zu zitieren: Die Bahnsteigsperre kommt einem vor wie das Tor eines riesigen Gefängnisses namens ›Gesellschaft‹. Die zu Zwangsarbeit verurteilten Männer treten aus diesem Tor, um zusammen mit den Patientinnen, die sie abholen, in ihre Isolierstationen, ihre Heime, zurückzukehren. – Bei den beiden jedoch handelte es sich um Ehefrauen, die die Gefängnisentlassung ihrer Männer fürchteten. Sooft ein Zug im Bahnhof ankam, erfüllte ein kalter Schauder ihr Herz: Welcher der zwei Ehemänner würde als erster erscheinen?
Daß sie jetzt in der Maske der Frau Nenami nach Hause gegangen wäre, dafür liebte die Frau des Nachbarn ihren Mann zu sehr. Dieser Liebe wegen – das brauchte ihr die alte Rivalin nicht erst zu sagen – hatte sie ihre frühere Liebe vollkommen vergessen. Nun aber mit ansehen zu müssen, daß der frühere Geliebte von ihrer Rivalin begrüßt wurde, wäre fraglos überaus schmerzlich – genauso schmerzlich, wie wenn man ihr die Maske herunterreißen würde. Und doch fiel etwas anderes schwerer ins Gewicht: Die Kette der Gewohnheit, an verregneten Nachmittagen ihren Mann abzuholen, schien sie an diesen Bahnhof im Herbstregen zu fesseln. Andererseits wollte auch die

Rivalin ihren Mann nicht sehen – diesen Mann, der nicht mehr der Student war, den sie beide geliebt hatten, und auch nicht der Jüngling mit den hübschen Wangen, an den sich die Frau des Nachbarn erinnerte, sondern ein vom Leben ausgelaugter Ehemann mit geringem Monatslohn. Mit seinem alten, vom Regen durchweichten Anzug, in dessen Taschen nicht einmal Fahrgeld für ein Taxi steckte, mit diesem Anzug, den er bei ihrer Hochzeit angehabt und in den vier folgenden Jahren abgetragen hatte, war kein Staat zu machen. Doch als Besiegte nach Hause zu gehen, das war ihr einfach unmöglich.

»Der herbstliche Himmel bringt Ehefrauen wirklich zum Weinen! Die Bahnhofstaxis sind normalerweise weg wie nichts – auch wenn das heute einmal nicht der Fall ist –, und wir werden zu regelrechten Wettkämpfen gezwungen, um zu zeigen, wer seinem Ehegatten gegenüber am loyalsten ist. Geht's hier nicht geradewegs zu wie auf einem Altkleidermarkt für Frauen?!« meinte die Rivalin in Liebesdingen, die erkannt hatte, daß sie bei einem Vergleich der Ehemänner niemals gewinnen konnte, und nun ihre Geschlechtsgenossin direkt zu bekriegen begann.

»Sieh doch nur! Selbst wenn wir noch so alte Ladenhüter tragen, als Frauen sind wir es uns einfach schuldig, uns zumindest ein wenig zu schminken! Das ist die Rebellion der Ehefrauen ...!«

»Mein Mann nannte es vorhin den ›Aufmarsch der Ehefrauen am 1. Mai‹!«

»Du gute Güte! Die Formulierung klingt wirklich nach ihm. Genau das trifft auf uns zu. Wir sind hier, um aller Welt die Schande unserer ehrenwerten Gat-

ten zu präsentieren! In den Augen von Männern sehen wir bestimmt fürchterlich aus!«
Sie, die Rivalin, war bis hinunter zu den gelb lackierten Geta mit den hohen Absätzen prächtig gekleidet, zudem hatte sie ein frisches Make-up aufgelegt. Die Frau des Nachbarn hingegen sah so aus, wie sie in der Küche ausgesehen hatte. Dieses Make-up, das die Rivalin auch nicht aufzulegen vergaß, wenn sie ihrem Mann den Schirm zum Bahnhof im Herbstregen brachte, allein dieses Make-up hatte damals ausgereicht, um ihr den Geliebten wegzunehmen. Doch nun trug die Frau des Nachbarn selbst Rouge auf den Wangen, ein Rouge mit dem Namen ›Frau des Romanschriftstellers‹, und ihr jetziges Glück und den Sieg über die Rivalin verdankte sie diesem Make-up.
»Ich weiß zwar, daß das für eine Frau nachteilig ist, aber so wie ich nun einmal bin, macht es mir angst, die Blicke der Leute auf mich zu ziehen!«
»Du solltest dich lieber glücklich preisen! Diejenigen, die wissen, daß du Frau Nenami bist, die wissen es ohnehin! Wenn du möchtest, dann rufe ich deinen Namen aus! Gestatten Sie, daß ich Ihnen Frau Nenami vorstelle!« sagte die Rivalin und sagte damit mehr, als die Frau des Nachbarn sagen wollte.
Doch nun legte die Rivalin abermals frisches Make-up auf, als Strategie Numero drei. Redselig ließ sie sich über ihre Kennerschaft in Sachen Musik und Neuem Theater aus.
Genau in diesem Moment überquerte, seine Stirn wie eine weiße Blüte hoch erhoben über den Hüten der Büroangestellten, ein berühmter Schaupieler, der für das Neue Theater arbeitete und in Ômori wohnte, die

Überführung. Die Frau des Nachbarn, die einmal beobachtet hatte, wie er spät in der Nacht zurückgekommen war, Arm in Arm mit der Tänzerin, die Nenamis Gattin war, kannte ihn vom Sehen. Das war der Mann, von dem ihr die Rivalin soeben berichtet hatte, zwischen ihm und ihr bestünde ein Verhältnis, das bloße Freundschaft überstieg.
»Oh, dort geht Nakano Tokihiko!« rief die Frau des Nachbarn, und davon aufgeschreckt, eilte die geschminkte Rivalin geradewegs auf die Sperre zu.
»Herr Nakano, nicht wahr!? Ich habe so sehr auf Sie gewartet! Bitte kehren Sie unter meinem Schirm mit mir nach Hause zurück, so als wären wir ein Liebespaar«, flüsterte sie kokett. Es war ihr Glück, daß dieser Mann, den sie zum ersten Mal in ihrem Leben traf, ein erfahrener Darsteller von Liebhabern war. Mit dem Schirm, den sie flink und mit Eleganz öffnete, verdeckte sie die Schulter des Mannes, wandte sich nach der Frau des Nachbarn um und sagte: »Also, ich mache mich mal auf den Heimweg!« Dann stürzte sie sich triumphierend unter die Ehefrauen, hinein in das Meer der Schirme.
Wie ein Windstoß, der über ein Huflattichfeld fährt, richteten sich auf dem Platz draußen vorm Bahnhof flatternd die Schirmeschirmeschirme feindselig gegen das strahlende Paar, er und sie gleichermaßen geschminkt. Plötzlich hatte sich formiert: ein Kreuzzug weiblicher Tugend, eine Armee familiärer Nöte; – allein die Frau des Nachbarn schwelgte noch zu sehr in ihrem Sieg, den sie im Kampf der beiden Make-ups errungen hatte, um sich den verächtlichen Blicken der Ehefrauen anzuschließen. Diese Person ist vielleicht

die Geliebte eines populären Schauspielers, seine Ehefrau ist sie jedenfalls nicht. Ich bin die Frau eines erfolgreichen Schriftstellers. Sicher, sie waren beide geschminkt, aber sie trug nicht das Make-up einer Geliebten, das bald verblassen würde, sondern das hautfarbene Make-up einer Ehefrau, worauf sie stolz war, und Untreue gegenüber ihrem Ehemann kam selbstverständlich nicht in Frage. Sie würde ihm, zu zweit dann unterm Schirm, von der Schlacht am Bahnhof im Herbstregen erzählen. Sie würde ihm, dies unter Tränen, noch am heutigen Tag das Geheimnis ihrer alten Liebe gestehen. – So war sie, selbst wenn sie trunken war vor Glück wegen ihres Sieges über das Make-up der anderen. Und jetzt, da ihre Rivalin verschwunden war, konnte sie auf ihren Mann warten, ohne einen Schatten im Herzen.
Aber war das Glück, das mit dem Make-up gekommen war, vielleicht eine Frucht, hoch oben im Wipfel eines Baumes? Die Frau des Nachbarn war keine Akrobatin, die – wie ihre Rivalin – im Erklettern von Make-up-Bäumen geübt war. Getragen vom Rücken ihrer Rivalin, hatte sie zwar an der Frucht gepickt, die Frau eines Romanschriftstellers zu sein, die Rivalin jedoch hatte den Baumwipfel mit mächtigem Flattern verlassen, auf den Schwingen der Untreue. Wenn ihr nicht jemand half, würde es ihr unmöglich sein, auf den Boden hinunterzuklettern, wo sich der Kreuzzug weiblicher Tugend formierte. Doch wie lange sie auch wartete, ihr Mann kam nicht, um sie zu retten. All die Eheeheehefrauen machten ihre Eheeheehemänner ausfindig und verschwanden, die Wände des Bahnhofs verblaßten wie die Mauern einer Ruine. Der un-

ablässig fallende Herbstregen ließ ihre Lider kalt und starr werden, die Frau des Nachbarn, ihr Make-up nun völlig ruiniert, verspürte grimmigen Hunger. Nachdem es ihr weniger denn je möglich war, den Bahnhof zu verlassen, wartete sie nur noch hingebungsvoll auf ihren Mann, mit bloßliegenden Nerven wie ein Verbannter auf Kikaigashima.

Um 9 Uhr abends, nach fünf Stunden des Wartens, stand an der Sperre, zu der sie wie ein taumelnder Schatten hingezogen wurde, nein, nicht ihr Mann, sondern ihre alte Liebe – der Ehemann ihrer Rivalin. Anstatt die Kraft zu finden, wieder zu sich zu kommen, wurde sie von der Trauer fortgespült, die in ihr aufstieg. Mit jener erbärmlichen Müdigkeit in den Knochen, wie sie jene verspüren, die gerade die Mauern eines Gefängnisses hinter sich haben, kam er die Steintreppe herunter, unruhig nach seiner Ehefrau suchend, und über ihn hielt sie nun wortlos den verbliebenen Schirm, während ein Strom von Tränen über ihre Wangen floß. Sie wußte nicht, wie ihr geschah.

Also: Er, der Romanschriftsteller, blickte bis tief in die Nacht vom Obergeschoß seines Hauses, in das seine Frau, die Tänzerin, noch immer nicht zurückgekehrt war, argwöhnisch durch den herbstlichen Regen auf das dunkle Haus seines Nachbarn. Und irgendwie kam ihm eine Warnung an die Eheeheehemänner dieser Welt in den Sinn.

»Ihr Ehemänner! Kehrt an verregneten Nachmittagen – und ganz besonders an regnerischen Abenden im Herbst – eiligst zu den Bahnhöfen zurück, wo eure Frauen warten! Ich kann nämlich nicht garantieren, daß niemals ein weibliches Herz in die Hand eines anderen Mannes gelangt – ein Damenschirm tat es schließlich auch.«

Nachwort

Als Siegfried Schaarschmidt im August des Jahres 1998 starb, hinterließ er ein umfangreiches Werk: literarische Übersetzungen aus dem Japanischen, Essays zur japanischen Literatur und vieles andere. Er hatte sich ganz auf die japanische Literatur eingelassen und kannte fast alle bedeutenden japanischen Autoren persönlich. Das gehörte für ihn neben der Kenntnis des Werkes und seines Umfeldes dazu, um den Stil jedes einzelnen Autors zu erfassen. Darum hat er sich stets bemüht, damit sich auch in seinen Übersetzungen die Autoren durch ihren Stil voneinander unterschieden und er deren Eigenheiten ins Deutsche herüberholen konnte.

Von Haus aus war er eigentlich ein Lyriker und damit ein leidenschaftlicher Sprachgestalter. Auch das kam ihm dann, als er sich entschied – wohl als erster im deutschen Sprachraum –, japanische Literatur hauptberuflich zu übersetzen, sehr zugute.

Natürlich hatte er bestimmte Vorlieben und goutierte längst nicht jedes Werk seiner Autoren. Besonders aber war er fasziniert von Kawabata Yasunaris Handtellergeschichten. So war es sein Wunsch, noch einen zweiten Band herauszugeben, und zum Glück ist ihm das noch gelungen, auch wenn er die Drucklegung nicht mehr erlebte. Er hoffte, daß sich diese Faszination, die von der besonderen Struktur der Erzählprosa Kawabatas ausgeht, auch auf seine Leser übertragen werde. Denn, so schrieb Siegfried Schaarschmidt im Vorwort zum ersten Band der Handtellergschichten, die Erzählprosa Yasunari Kawabatas ist »von einer auffällig lockeren Struktur. Bilder und Szenen so gut wie innere Topographien der handelnden oder abgehandelten Figuren sind nicht auf ein bestimmtes Erzählziel hin fest miteinander verkettet; vielmehr befinden sie sich, den Teilen eines Calderschen Mobiles vergleichbar, in einem alle gerichteten Abläufe überhaupt aufhebenden, diffizilen Schwebeverhältnis: zwischen dem einen und dem anderen lediglich die leichte, noch dazu störanfällige Spannung der Balance, und jedes Stück zunächst bedeutsam in und für sich selber«. Das besonders Reizvolle dabei ist das Ineinandergleiten der verschiedenen Existenzebenen: Traum erscheint als Wirklichkeit, Wirklichkeit wird Traum, doch sind beide Welten konkret und greifbar.

Yasunari Kawabata (1897–1972), Nobelpreisträger von 1968, gehört zu den großen Persönlichkeiten der modernen japanischen Literatur. In jungen Jahren stand er dem französischen Avantgardismus nahe, 1924 gründete er mit Freunden die Zeitschrift *Bungeijidai (Literarisches Zeitalter)*. Wie in Europa und anderswo hofften die jungen Japaner mit einer »durch den Futurismus zur freien Form und sprachlichen Unbeschränktheit erlösten Literatur« die Rettung der Menschheit erreichen zu können. »Andererseits lenkte«, heißt es bei Schaarschmidt weiter, »die Betonung der Kurzformen sowie eines rhythmisch poetisierenden Stils auf Altjapanisches zurück, etwa auf die Prosa eines Ihara Saikaku (1642–1693) oder, wie der fünfundzwanzigjährige Kawabata gestand, auf das ›Kopfkissenbuch‹ der Dame Sei Shōnagon (10. Jahrhundert)«, die Kawabata einmal als die erste Schriftstellerin – oder sogar die Grundlage – der modernen japanischen Literatur bezeichnet hat. Auch Sei Shōnagon hatte in kurzer und kürzester Form Beobachtungen, Impressionen, sogar oft recht harsche Kritiken niedergeschrieben. Sie werden noch heute in Japan viel gelesen und bewundert. In den zwanziger Jahren unseres Jahrhunderts lagen solche Kurztexte offensichtlich in der Luft. Auch Kawabata übte sich darin. Damals entstanden in rascher Folge witzige Farcen, expressionistische Prosagedichte, irreale Traumsequenzen, gewissermaßen als Prototypen der daraus sich entwickelnden *Handtellergeschichten*, wie Kawabata diese Prosatexte als Gattung dann schließlich nannte, eine Bezeichnung, die auf den Titel *In den Handteller geschriebene Geschichten* eines im übrigen unbedeutenden Autors zurückgeht. Sie erschienen im Juni 1926 unter dem doppelsprachigen Titel *Kanjō-sōshoku – Décoration de sentiment (Die Ausschmückung des Gefühls)*. Dabei ist es interessant zu beobachten, wie in Japan auch während der Entwicklung der Moderne die Betonung des Gefühls eine große Rolle zu spielen schien, wenn zum Beispiel etwa zehn Jahre zuvor der bedeutende Grafiker Koshirō Onchi (1891–1955) Flächenabstraktionen schuf, die er *Fünf Arten des Gefühls* nannte, oder Kanbara Tai (1898–1997) in den zwanziger Jahren eine Serie Bilder, reine Farbabstraktionen, mit dem Obertitel *Der Pessimist* malte.

Die mit den *Handtellergeschichten* eingeübte Struktur und die Knappheit der einzelnen Teile sollte für Kawabatas spätere Prosa bestimmend werden.
In den letzten Jahren des Krieges schrieb Kawabata noch einige weitere und begann dann 1949 noch einmal damit. Wie viele dieser Texte schließlich als »Handtellergeschichten« betrachtet werden können, ist nicht festgelegt. Die vorliegende Auswahl folgt wieder der fünfunddreißigbändigen Kawabata-Gesamtausgabe, die 122 Titel enthält und zwischen 1980 und 1984 erschien.

Irmtraud Schaarschmidt-Richter

Glossar

Achtundachtzig buddhistische Tempel: Auf der Insel Shikoku, die von einem frommen Pilger, sc er das Gelübde getan, besucht werden müssen.

Drachenkönig: Japanische Märchen- und Sagengestalt mit meist positivem Aspekt.

»Drei Welten« des Buddhismus, sanze: Vergangenheit, Gegenwart, Zukunft.

Erdbeben: Am 1. September 1923 wurden große Teile des weiten Kantō-Gebiets, zu dem Tōkyō gehört, durch das große Erdbeben zerstört. 142 000 Menschen kamen dabei um. Auch für die geistige Entwicklung war dies Erdbeben, das vieles in Frage stellte, ein wichtiges Ereignis.

Geldopfer: Für diese sind an shintoistischen Schreinen, buddhistischen Tempeln oder anderen Gedenkorten große truhenartige Kästen aufgestellt, in die die Besucher ihre Geldstücke, oft in hohem Bogen, hineinwerfen.

Geta: Holzsandale mit Stegen und schlauchartigen, weichen zweifachen Zehenriemen.

Hakama: Formelle sehr weit geschnittene, an den Hüften offene und mit Bändern gehaltene Hose aus schwerer Seide, von Männern wie Frauen getragen.

Haori: Halblanger jackenartiger Überwurf im Kimonoschnitt und zu diesem getragen.

Kappa: Wassergeist von halb tierhafter, halb menschlicher Gestalt mit schnabelartigem Gesicht und einem wassergefüllten Loch im Kopf als Kraftzentrum. Liebt es, die Menschen zu necken.

Kikaigashima (Dämonenwelt-Inseln): Alter Name für im Süden von Kyûshû gelegene Inseln. Diente in früherer Zeit als Verbannungsort.

Lange Brücke: Buddhistische Vorstellung als Übergang in die andere Welt, das andere Leben.

Matsushima: Kieferninseln. Küste mit zahlreichen kleinen, mit Kiefern bestandenen Inseln in der Bucht von Sendai. Sie gehören zu den schönsten »Drei Landschaften« (sankei) Japans.

Matsuya: Elegantes Kaufhaus im Ginza-Bezirk von Tōkyō.

Momotarō: Junge, aus einem Pfirsich geboren. Märchen- und Legendenfigur, der wunderbare Kräfte zugeschrieben werden. Zusammen mit seinen Helfern, einem Affen, einem Fasan und einem Hund, bezwang er die in einer Höhle auf der Insel Megi-shima (oder Oni-ga-shima, Teufelsinsel) hausenden Dämonen.

Mompe: Pluderhosenähnliche Arbeitshosen aus meist blaugemusterter Baumwolle; hauptsächlich bei bäuerlichen Arbeiten getragen.

Neues Theater (jap.: shingeki): Sammelbezeichnung für neue Theaterformen, die sich, unter westlichem Einfluß und in bewußtem Gegensatz zu traditionellen Formen wie Nō und Kabuki, seit Ende der Meiji-Zeit (1868–1912) entwickelten.

Ōmori: Heute Bezirk – und Bahnstation – im Stadtteil Ōtaku im südlichen Tōkyō.

Samurai: Ursprünglich Bezeichnung des bewaffneten Wach- und Begleitpersonals der kaiserlichen Gemahlinnen. Mit der Wandlung der Gesellschaft zu einer vom Ritter (»Krieger«) bestimmten Gesellschaft wird »Samurai« gleichbedeutend mit Ritter, ab dem 13. Jahrhundert mit Vasall und schließlich zur allgemeinen Bezeichnung für die schwerttragende Oberschicht, die in Klassen eingeteilt ist. Einige von ihnen verarmten, bestimmten aber als Lehrer die geistige und kulturelle Entwicklung Japans mit.

Schilfgrashut: Geflochtener Spitzhut, kegelförmig. Bei bäuerlichen Arbeiten und von Pilgern getragen, in diesem Fall dann mit einer Aufschrift von Lehrsätzen oder Tempelnamen.

Shinobazu-ike: Ein großer Teich oder See mitten in Tōkyō unterhalb des Ueno-Hügels. Durch zwei Halbinseln mit Brücke und Dämmen in drei Teile geteilt. Ein Teil gehört zum Zoo, einer wird zum Bootfahren frei gehalten und ein dritter ist ein Lotosteich. Anziehungspunkt ist eine der Liebesgottheit gewidmete Halle, die Benten-dō.

Tengu: Berggeist, Kobold mit langer Nase, neckt die Menschen. In manchen Gegenden glaubte man, daß der Tengu an bestimmten Tagen im Wald umhergeht und den Bäumen zu Wachstum verhilft.

Tōkaidô-Linie: eine Art Nahverkehrszug. Der Name bezieht sich auf die alte »Ost-Meer-Straße« zwischen Kyōto und Edo, nachmals Tōkyō bzw. dem Kantō-Gebiet. Seit dem 13. Jahrhundert eine der Hauptverkehrsadern, seit dem 17. Jahrhundert, mit Beginn des Tokugawa-Shōgunats, von großer politischer Bedeutung.

Tokugawa-Shōgunat: Regierung des Tokugawa-Clans. Tokugawa Ieyasu (1542–1616) begründete als Shōgun das Tokugawa-Bakufū (Regierung), das bis 1867 herrschte.

Trauervorhänge: Tücher mit senkrechten schwarzweißen Streifen, die vor einem Trauerhaus angebracht werden.

Wassereis, geschabtes: Eine seit fast tausend Jahren beliebte Erfrischung in der heißen Jahreszeit, mit farbigem Sirup übergossen.

Bad Yuzaki: Auf der Kii-Halbinsel gelegen, die zu den historisch ältesten Landschaften Japans gehört.

Inhalt

Yasunari Kawabata
Handtellergeschichten
Erzählungen
Herausgegeben, ausgewählt und aus dem Japanischen
von Siegfried Schaarschmidt
1990. 160 Seiten

Die *Handtellergeschichten* erzählen, ohne zu erzählen: sie zeigen Linien, die für eine Weile nebeneinander verlaufen, sich vereinen, sich wieder trennen, um sich anderswo zu kreuzen und unvermittelt zu enden. Geschichten für den Augenblick, konzentrierte kleine Spuren, in denen der Anblick des Meeres erscheint oder die Pflaumenblüte, das Geräusch des menschlichen Schrittes oder der rollende Grabstein, das Gesicht der toten Frau oder der Tod der sanften Schwester, und immer die Liebe. Jede bedeutet, wie die Linien im Handteller, sich selbst – doch in ihrem Netz kann man den Kosmos erkennen.

Brigitte Haberer, *Süddeutsche Zeitung*

Yasunari Kawabata erspürt noch in einem sekundenschnellen Ereignis, im flüchtigen Augenblick eine nachhaltige Veränderung, er erkennt in einer Nebensächlichkeit das Wesentliche, das man gerne übersieht.

Hartmut Regitz, *Stuttgarter Nachrichten*

Flüchtige, zufällige Sätze über fast immer flüchtige, zufällige Begegnungen. Jedes Wort sagt etwas – und verschweigt noch mehr. Jedes Wort spielt eine Doppelrolle, nicht ohne Dämonie: steht zur Hälfte im Licht, zur Hälfte im Dunkeln ... Der Leser spielt die Rolle des Archäologen – der all die zerbrechlichen Bruchstücke sammelt und sie mit klopfendem Herzen zusammenlegt.

Benjamin Henrichs, *Die Zeit*